Manfred Hirschleb

Tödliche Mission

Krimi

Verlag und Druck:
tredition GmbH
Halenreie 40-44
22359 Hamburg

Bibliografische Information der Deutschen Nationalbibliothek:
Die Deutsche Nationalbibliothek verzeichnet diese Pu-
blikation in der Deutschen Nationalbibliografie; detail-
lierte bibliografische Daten sind im Internet über
http://dnb.d-nb.de abrufbar.

1

Berlin, 16. August 2012

Linda bog in den Ottopark ein und steigerte ihr Lauftempo. Die Abenddämmerung verdrängte die letzte Helligkeit des Tages. Laternen an den Kieswegen verbreiteten spärliches Licht, sodass der Rest des Parks im Dunkeln versank. Eine kühle Brise vertrieb die Schwüle des Tages und entlockte dem Blätterwerk ein leises Flüstern.

Sie hatte sich verspätet, wollte aufs Joggen aber nicht verzichten. Normalerweise vermied sie es, so spät zu laufen, da ihr die abendliche Atmosphäre des Parks stets Unbehagen bereitete. Aber sie musste in ihrem kleinen Blumenladen stundenlang stehen, Sträuße und Gestecke binden und an der Kasse stehen, da brauchte sie zum Ausgleich einfach die Bewegung.

Bei der nächsten Bank wollte sie eine kleine Pause machen. Die beim Laufen erzeugten Endorphine und das heranwachsende Leben in ihr steigerten ihr Glücksgefühl. Ein Mädchen ... Der letzte Heimaturlaub ihres Mannes lag einige Wochen zurück. Zur Zeit war er in Afghanistan bei der ISAF im Einsatz, und sie hatte extra gewartet, um ganz sicher zu sein.

Heute wollte sie ihm das freudige Ereignis endlich verkaufen. Ein lang gehegter Wunsch würde in Erfüllung gehen.

Linda war eine hübsche Frau um die dreißig, eins zweiundsiebzig groß, hatte blondes, zu einem Pferdeschwanz zusammengebundenes Haar und eine sportlicher Figur. Sie legte großen Wert auf ihr Äußeres. Sie steigerte das Lauftempo noch und konzentrierte sich darauf, weiterhin möglichst gleichmäßig und ruhig zu atmen. Aus ihren Ohrhörern säuselte Kuschelrock, das Smartphone hatte sie am Oberarm befestigt.

Ausgepowert, atemlos und bester Laune erreichte sie die Parkbank. Unwillkürlich griff sie sich an den Bauch, als spüre sie das noch junge Leben. Schwer atmend und in Gedanken versunken vergaß sie ihre Umwelt. Sie schaute konzentriert und weiter schwer atmend auf ihren Pulsmesser, als sich ihr von hinten ein Arm um den Hals legte und ihr die Luft abschnürte. Sie wollte schreien, aber zu mehr als einem Krächzen reichte es nicht. Sie schlug um sich und versuchte, sich aus dem eisernen Griff zu befreien, aber ihr Widerstand hielt nur kurz an, ihr auf Hochtouren laufender Körper hatte in Sekundenschnelle allen Sauerstoff verbraucht und sie verlor das Bewusstsein. *Mein Baby ...* war ihr letzter besorgter Gedanke.

***

Berlin, 23. Juli 2013

Die sommerliche Hitze lag wie eine Dunstglocke über Berlin. Cafés und Biergärten waren gut besucht. Die Menschen wollten den stickig heißen Büros und der Geschäftigkeit des Alltages entfliehen. Jetzt, in der abendlichen Frische, konnten sie mit Freunden oder Bekannten bei einem Bier oder Wein den Tag ausklingen lassen. Es herrschte eine entspannte Atmosphäre, was die Stadt so einzigartig mache – zumindest behaupteten das ihre Bewohner.

Es ging auf Mitternacht zu. Im *Café am Neuen See* im Tiergarten waren auf der Terrasse nur noch zwei Tische besetzt. Lediglich vier Gäste hielten noch die Stellung, der Kellner hatte die meisten Tische bereits abgeräumt. Drei junge Männer verlangten lautstark nach mehr Bier, doch die Belegschaft wollte lieber schließen. Das Gegröle und die anzüglichen Bemerkungen den Frauen gegenüber hatte die übrigen späten Gäste schnell vertrieben. Außer den Halbstarken saß noch ein Mann etwas abseits an einem Tisch und beobachtete die Szene. Sein Zornespegel stieg kontinuierlich an. Genau solche Typen waren es, die Angst und Schrecken verbreiteten und dafür sorgten, dass anständige

Leute abends die Parks mieden. Beim Anblick der pöbeligen Kerle drängten sich unvermittelt hasserfüllte Gedanken in seinen Kopf, bis er vor Wut schier vibrierte. Prüfend griff er zu der *Makarow*, die in seinem Hosenbund steckte. Der aufgesetzte Schalldämpfer drückte etwas unangenehm in der Leiste, erinnerte gerade dadurch stets an die tödliche Präsenz der Waffe. Am liebsten wäre er hinübergegangen um die Burschen zur Räson zu bringen. Nein – mehr noch: Sie sollten verschwinden ... für immer. – Aber nicht hier.

Da war *sie* wieder! Plötzlich erschien Linda vor seinem inneren Auge und all die Erinnerungen strömten wie ein tosender Wasserfall in sein Bewusstsein. Ihre Schönheit und Sanftmut, gepaart mit Intelligenz und der Geduld seine oft lange Abwesenheit klaglos zu ertragen ... Sie war ein Bild von einer Frau, sein Traum, sein ganzes Glück. Sie wurde ihm genommen, bevor sie Kinder miteinander haben konnten. Ein Spaziergänger hatte sie gefunden – vergewaltigt und ermordet.

Als man ihm ihren Tod mitteilte – das hatte sein Spieß im Bundeswehrfeldlager in Mazar i Scharif übernommen, wo er stationiert war –, war er so getroffen, dass der Hauptfeldwebel es nicht über sich brachte, ihm auch noch zu sagen, dass Linda sein Kind in sich trug. Das hatte er dann erst später erfahren, was ihm ein weiteres Mal den Boden unter den Füßen wegzog. Damit war sein Glück gestorben – gleich zweimal!

Der Täter war nie ermittelt worden. Er war umgehend nach Deutschland zurückgekehrt, hatte die Beerdigung organisiert und dann versucht, den ermittelnden Beamten Druck zu machen, was jedoch nichts brachte. Wochenlang hatte er dann selbst versucht, herauszufinden, wer seine Frau ermordet hatte, aber ergebnislos. Die Ermittlungsbeamten schlugen bei seinem Anblick jedes Mal die Hände über dem Kopf zusammen, so sehr nervte er sie. Aber er konnte und wollte sich nicht mit ihrem Tod abfinden.

Als er seinen gesamten Urlaub verbraucht hatte, musste er zurück zu seiner Truppe. Erst später akzeptierte man seine Kündigung, da die Ärzte ihm ein Trauma attestierten.

Anfangs fiel er in ein tiefes Loch, doch später hielten ihn seine Wut- und Hassgefühle aufrecht. Er wollte den Mord an seiner Frau und seinem Kind aufklären, er wollte Rache an dem Täter, er wollte Rache an allen Mördern, und Vergewaltigern – überhaupt an allen Verbrechern, die sich nachts auf den Straßen herumtrieben und unbescholtenen Mitmenschen auflauerten. Er wollte sie alle umbringen! Der Zustand blinder Wut hörte einfach nicht mehr auf.

Die Beschimpfungen gegenüber dem Kellner erreichten gerade ihren Höhepunkt, die Situation drohte zu eskalieren. Erst als der Kollege von drinnen herausgeeilt kam und sein Handy in der Hand hielt, bezahlten die Kerle widerwillig die Zeche. Weiter pöbelnd und unter wüsten Beschimpfungen und Drohungen verließen sie das Café und trollten sich lautstark in Richtung Lichtensteinallee.

Markus legte einen Geldschein auf den Tisch, beschwerte diesen mit dem Aschenbecher und nahm eine Abkürzung durch den Wald. Er trug einen dunklen Jogginganzug und eine ebenso dunkle Baseballkappe und war, wenn überhaupt, dann nur direkt unter den eher müde wirkenden Straßenlampen zu sehen.

Er erreichte die Lichtensteinallee zuerst. Von Weitem sah er die Betrunkenen lärmend auf sich zukommen. Er griff unter die Jacke und umschloss den Griff der *Makarow*.

Die Kerle hatten jetzt schlechte Laune und suchten Streit. Sie blieben vor ihm stehen. Der Anführer – Turnschuhe, Jeans und Kapuzenpulli – griff in seine Jacke und holte ein Butterfly-Messer heraus, mit dem er hektisch vor Markus' Gesicht herumfuchtelte. Das kaum zu erkennende Tattoo an seinem Hals – ein Skorpion oder doch eher ein zertretener Käfer? – wurde von keinerlei Haaren verdeckte, alles bis auf die obligatorische *Schädelinsel* war abrasiert.

»He Alter, gib Geld her, auch Uhr und Ring. Los, mach«, lallte er, während einer seiner Kumpel eine Stahlrute ausfahren ließ. Der Dritte streifte sich einen Schlagring über die Finger, formte eine Faust und schlug mit ihr demonstrativ in die andere Hand.

»Na, was ist?« Grinsend wandte Schädelinsel sich an seine Begleiter: »Los, machen wir den Wichser fertig.« Er hatte Mühe, sein Gleichgewicht zu halten.

Für dich, Linda, und unser Ungeborenes, schoss es Markus durch den Kopf. Er zog die Pistole aus dem Bund. »Solchen Arschlöschern wie euch haben wir es zu verdanken, dass anständige Menschen in Angst und Schrecken leben müssen und sich abends nicht mehr auf die Straße trauen. Ihr seid einfach nur Dreck und Abschaum«, zischte er haßerfüllt.

Das hämische Grinsen vor ihm erstarb. »He, Alter, war doch nur Spaß.« Abwehrend hob Schädelinsel die Hände, wobei er das Messer betont langsam zusammenklappte und wieder einsteckte. »Wir gehen jetzt einfach und gut, okay? Nix passiert. Alles easy.«

Die beiden anderen nickten und ließen ihre Waffen in den Jackentaschen verschwinden.

Markus konnte ihre Angst förmlich riechen. Er glaubte ihnen die plötzliche Kehrtwende nicht. Sie wollten ihn nur in Sicherheit wiegen und ihm dann in den Rücken fallen. Das waren elende Kreaturen der Nacht, nur stark, wenn sie über Schwächere herfallen konnten. Er zog den Abzug durch. Das Letzte, was die drei sahen, waren Markus' eiskalte Augen, die aus dem Schatten unter seiner Baseballkappe herausstachen.

Sie hörten das leise Ploppen der schallgedämpften *Makarow* gar nicht, zu sehr waren ihre Gehirne damit beschäftigt das viele Blut zu verarbeiten, das plötzlich herumspritzte, denn die *Makarow* riss dank der eingekerbten Kugeln gewaltige Löcher in die Schädel der drei. Blut, Gehirnmasse, Knochensplitter und Haarbüschel verteilten sich auf dem Asphalt. Beinahe gleichzeitig sackten sie zusammen und waren schon tot, bevor sie auf dem Boden aufschlugen.

»Elendes Pack! Ich werde die Straßen von euch Gesindel säubern!«, murmelte Markus und blickte sich suchend um, ob ihn jemand beobachtet haben könnte, aber weder Spaziergänger noch Autos waren unterwegs.

Zufrieden schob er die Pistole in den Hosenbund, zog die Kappe tiefer in die Stirn und machte sich auf den Nachhauseweg.

Im Wohnzimmersessel sitzend, reinigte Markus die zerlegte *Makarow.* Er hatte sie samt Munition von einem Kameraden bekommen. Ein Souvenir. Er nippte an seinem Whisky und starrte gedankenverloren auf die Waffenteile. Sie symbolisierten für ihn die Sinnlosigkeit eines Krieges, den er weder gewollt noch angefangen hatte.

Er war Berufssoldat gewesen, wurde in den Hindukusch abkommandiert. Anfangs erachtete er ihre Mission als sinnvoll und hilfreich, sie wollten den Afghanen Frieden ermöglichen, ihnen beim Aufbau eines demokratischen Staates helfen: Hilfe zur Selbsthilfe sollte es sein, damit sie sich selber gegen die Taliban behaupten konnten. Aber die Kultur dieses Landes war für einen Westeuropäer nicht ohne Weiteres zu erfassen. Gerade auf den Dörfern ging es teilweise noch sehr archaisch zu, aber auch in den Städten waren die Zustände aus seiner Sicht unerträglich. In den von den Taliban kontrollierten Gebieten gab es öffentliche Hinrichtungen; das Steinigen von Frauen war noch üblich. Das überstieg sein Verständnis vom Menschsein. Diese irregeleiteten, religiösen Fundamentalisten waren in seinen Augen nichts anderes, als ein Sammelsurium von kranken Individuen, die sich nur deshalb einer frauenfeindlichen Ideologie verschrieben hatten, um ihr Minderwertigkeitsgefühl zu überdecken. Geboren in Armut und ohne Bildung erhoben sie sich zu Herren über Leben und Tod.

Aber das hatte es schon immer gegeben. Seit den Kreuzzügen und der Inquisition hatte sich nicht viel geändert. Rassenhass und die Gier nach Macht und Reichtum verursachten weiterhin Massaker und sorgten dafür, dass weite Teile der Welt im Elend versanken. Er hatte irgendwann erkannt, dass er eigentlich nur die wirtschaftlichen Interessen seines Landes vertrat, nicht die humanitären. Und das in einem Land, das seiner Meinung nach nicht zu befreien war, weil die westlichen Nationen die kulturelle Entwicklung dieser Länder nicht berücksichtigten. *Von wegen Demokratisieren*, dachte er. Afghanistan war für den Westen von strategischem und ökonomischem Interesse, weil es die Routen von Zentral- und Südasien verband.

Desillusioniert hatte er trotzdem seinen Dienst ernsthaft ausgeführt. Zumindest konnte die ISAF dem Morden Einhalt gebieten, was sie aber nicht vor Anschlägen schützte. Der Tod seiner Frau war kaum zu ertragen, so klammerte er sich an seine Aufgabe, diese Mission, um sich von seiner Trauer abzulenken.

Dann passierte es: Sie wurden in einen Hinterhalt gelockt und von einer kleinen Taliban-Einheit angegriffen. Gut ausgerüstet konnten sie der Lage Herr werden, aber einem der Angreifer gelang es dennoch, ihm ein Messer in die Schulter zu stoßen. Noch im Hinfallen hatte er ihn erschossen. Ein Reflex oder geschah das im Affekt? Er wusste es nicht.

Wochen später, ständig in Todesangst was als Nächstes passieren würde, erwischte es ihn und seine Kameraden erneut: Ihr ungepanzertes Fahrzeug fuhr bei einer Patrouille auf eine Mine. Zwei seiner Kameraden waren sofort tot, er selbst überlebte mit zahlreichen Splittern im Leib. Immer wieder hatte er sich seither gefragt, warum gerade er überlebt hatte. Die zerfetzten Kameraden, die Leichenteile und das viele Blut hatten sich in sein Gedächtnis eingebrannt.

Sobald er transportfähig war, wurde er nach Deutschland ausgeflogen, in ein Zivilkrankenhaus überstellt und dort wieder zusammengeflickt.

Dann kamen die Depressionen. Immer öfter setzte er sich die Pistole an die Schläfe, doch zum Abdrücken fehlte ihm der Mut. In solchen Momenten suchte er nach einem Grund zum Weiterleben. Nachts wachte er schweißgebadet und schreiend auf. Die Ärzte diagnostizierten ein Posttraumatisches Stresssyndrom, *Kriegsneurose* wäre richtiger gewesen. Er nahm seinen Abschied als Kriegsversehrter: Die Explosion hatte er zwar überlebt, aber sein Penis war weggefetzt worden, musste durch einen Blasenkatheter ersetzt werden. Das machte ein normales Sexualleben unmöglich, minderte aber leider nicht seine Libido.

Zu den Psychopharmaka gesellten sich im Laufe der Zeit Antidepressiva und machten aus ihm auch noch ein psychisches Wrack. Schleichend entwickelte sich eine paranoid-schizophrene Persönlichkeitsstörung.

Nach seiner Entlassung aus der Bundeswehr führte er zunächst das Blumengeschäft seiner verstorbenen Frau weiter. Der kleine Laden in der Turmstraße sicherte ihm nicht nur ein bescheidenes Auskommen, vielmehr zeugte alles dort von Lindas Wirken, ihrer Kreativität – die Räume waren von ihrem Geist erfüllt. Manchmal meinte er ihren Geruch wahrzunehmen oder sah sie in der Tür stehen. Die Wohnung über dem Laden, in der er nun allein wohnte, hatte sie von ihren Eltern geerbt. Der Gedanke an seinen unermesslichen Verlust hüllte ihn in innere Dunkelheit, sodass er zusätzlich zu den Medikamenten auch immer öfter zum Glas griff. Er befand sich in einem steten Malstrom aus dem verzweifelten Bedürfnis irgendetwas gegen das Elend dieser Welt zu tun und nahezu unstillbarem Rachedurst. Der Bezug zur Realität ging ihm immer mehr verloren und er rutschte mehr und mehr in den Irr-glauben ab, etwas tun zu müssen; irgendetwas, was seinem Leben einen neuen Sinn geben würde. Der Gedanke an eine Gerechtigkeit, die er selbst herbei-führen konnte, nahm immer deutlichere Formen an und als er das erste Mal den süßen Geschmack des Triumphes über das Böse gekostet hatte, den Rausch der Macht spürte, war es um ihn geschehen.

Zwischenzeitliche Zweifel waren spätestens mit der nächsten Tablette und dem inzwischen obliga-torischen Glas Whisky zum Runterspülen verges-sen. Keine Stimme der Vernunft war da, um seiner zutiefst verletzten Seele den rechten Weg zu wei-sen.

Er reinige die Waffenteile, setzte die *Makarow* wieder zusammen, schob das Magazin in den Lauf und lud durch …

2

Juni 2017

Polizeihauptkommissar Harry Nitzer nahm zwei Treppenstufen auf einmal, durchquerte den Flur im zweiten Stock des LKA 1 in der Keithstraße und stieß schwungvoll die Tür zum Büro seines Teams auf.

»Guten Morgen, allerseits! Schon fleißig bei der Arbeit, ihr Lieben? War wohl nicht viel los am Wochenende, oder?«, fragte er gut gelaunt.

Er war Leiter des Sonderdezernates für ungeklärte Mordfälle, sechsundvierzig, eins fünfundachtzig groß, schlank, mit fast schwarzen, zu einem Schwänzchen zusammengebundenen Haaren und einem Dreitagebart. Manche würden ihn eine *stattliche Erscheinung* nennen, sportlich und kein Gramm zuviel. Man sah ihm die mexikanische Abstammung an und um diesen Eindruck noch zu unterstreichen, bevorzugte er schwarze Kleidung und Stiefeletten. Er hätte es gerne, wenn ihn jemand mit dem jungen Steven Segal verglich, das tat nur leider niemand, weil den von seinen jungen Kollegen keiner mehr kannte.

Harry verfügte über langjährige Erfahrungen im Bereich des organisierten Verbrechens. Als sich bei ihm angesichts der scheinbaren Wirkungslosigkeit seiner Bemühungen ein Burn-out einstellte und er den Polizeidienst schon ganz quittieren wollte, kam ihm der Polizeipräsident, ein langjähriger Freund seines Vaters, zu Hilfe und rief das Sonderdezernat für unaufgeklärte Mordfälle ins Leben. Dort schob Harry nun eine vergleichsweise ruhige Kugel, erledigte im Wesentlichen Schreibtischarbeit und hatte wieder Freude an der Arbeit gefunden. Dass es auch bei den alten Fällen ab und an hoch herging, war für ihn akzeptabel – im Vergleich zu seinem früheren Job war das harmlos.

Ihr Büro befand sich über der Zentrale des LKA 1 Berlin in der Keithstraße. Eine Glaswand mit eingearbeiteter Tür trennte es vom Flur. Das Büro war spartanisch eingerichtet, mit nicht mehr allzu neuen Schreibtischen, quietschenden Stühlen und zwei etwas schiefen Aktenschränken vor einer Wand, die einen neuen Anstrich vertragen könnte, aber es war ihr Reich, fernab vom quirligen Alltag normaler Polizeiarbeit hatten sie hier ihre Ruhe. Das einzig Moderne waren die LED-Leuchten, die über den Schreibtischen ein vernünftiges Arbeiten ermöglichten. Die alte Anrichte hatten sie aber bereits durch eine neue ersetzt und auch die alten angeschlagenen Kaffeetassen samt Kaffeemaschine ausgetauscht. Den Rest würden sie im Laufe der Zeit auch noch Stück für Stück auf Vordermann bringen und sich ein kleines Paradies schaffen, wo man gerne arbeitete; durch die beiden überdimensionierten Fenster konnte man auf den Tiergarten sehen. Die Kakteen auf den Fensterbrettern brachten wenigstens schon mal ein bisschen Grün herein. Sie wurden von Paul gehegt und gepflegt, der diese Pflanzen liebte.

Miriam sah ihren Chef vergnügt an, als er fast tänzelnd hereinschneite. »Du nu wieder, hattest wohl am Wochenende Geburtstag, oder was? Du siehst ja richtig entspannt aus. Wie heißt denn die Glückliche?« Sie gluckste.

Kurz zuckte sie zusammen, weil sie mal wieder das Bild von Nicole Tesmer heimsuchte, die sie erschießen musste, um Harrys Leben zu retten. Das würde sie wohl den Rest ihres Lebens begleiten: Der finale Schuss auf die Serienmörderin. Wenn dieser Albtraum sie zu sehr belastete, was in manchen Nächten durchaus vorkam, auch jetzt noch, war Paul da, um sie zu trösten.

Miriam Koch war die Computerspezialistin des Teams, sechsundzwanzig, Polizeikommissaranwärterin und galt als Koryphäe auf dem Gebiet der Computer-Recherche. Sie war eine zierliche quirlige Person, eins sechzig groß mit blonden Haaren und Pagenschnitt, mit stets verschmitzt funkelnden Augen, die meist in Jeans und Holzfällerhemden herumlief.

Ihr Kollege und heimlicher Lebensgefährte Paul dagegen verfügte über das Talent Zusammenhänge herzustellen und die richtigen Schlüsse zu ziehen. Polizeihauptkommissar Paul Strohbeck war dreiunddreißig, eins achtzig groß, ein schlaksiger Typ mit rotblonden Haaren und sommersprossigem Gesicht, zu dem seine Cordhosen und Pullis passten, wie die Schulterpolster zu den Achtzigern.

Seit einem Jahr arbeiteten die drei schon als Team zusammen und konnten seither bereits zwei Serienmörder zur Strecke bringen. Diese Erfolge beruhten unter anderem auf einem neuen Computerprogramm, das alte und neue Fälle bundesweit erfasste und Querverbindungen suchte, die sich ein entsprechend versierter Rechercheur anzeigen lassen konnte. Genau das Richtige für Miriam.

Miriams anzügliche Frage ignorierend, blickte Harry in die Runde:»Also, Leute, was haben wir heute? Irgendwas Interessantes?« Er sah zwischen seinen beiden Kollegen hin und her, als erwarte er etwas wirklich Großartiges zu hören.

»Och, na ja … Ich habe hier einen Fall aus dem Juli 2013«, meinte Paul. »Da wurden drei junge

Männer in der Nähe des Tiergartens getötet. Kopfschuss. Großes Kaliber oder angefeilte Kugeln. Ziemliche Schweinerei. Ihre Identitäten konnten nicht festgestellt werden, die hat einfach niemand vermisst. Es gab einen Zeugenaufruf der *Fachdienststelle Net* und ein Bürgertelefon wurde eingerichtet, aber nichts. Selbst das Ausloben einer Belohnung brachte keine Ergebnisse und die Kollegen machten einen *Altfall* daraus. Ich habe mir die Akte gerade angesehen und beim Durchblättern hats bei mir mächtig gekribbelt«, meinte er und wurde rot. Er wurde jedes Mal verlegen, wenn seine Intuition zur Sprache kam, obwohl die anderen ihn stets ermutigten, seinem Bauchgefühl zu vertrauen, da sein Bauch meist richtig lag. Er selbst traute der Sache immer noch nicht und kam sich vor wie ein durchgeknallter Esoteriker, der Verbrechen anhand von Aurafotografien und Tarotkarten löste.

»Und warum interessiert dich der Fall?«, fragte Harry neugierig. Wenn Pauls Bauchgefühl sich meldete, dann wurde er hellhörig.

Verschämt nahm Paul die Akte vom Schreibtisch, blätterte kurz darin und meinte: »Wenn jemand mir nichts dir nichts drei Menschen erschießt, dann bleibt es normalerweise nicht dabei. Der Täter benutzte vermutlich eine Makarow neun Millimeter. Zumindest meinen das die Ballistiker. Die ist nicht gerade für ihre Zielgenauigkeit berühmt und im Milieu benutzt die auch niemand, viel zu unprofessionell. Für mich waren das Hinrichtungen aus nächster Nähe.« Er sah seine Kollegen nachdenklich an und fuhr leise fort: »Da war jemand auf einem Rachefeldzug. Über das Motiv kann ich nur spekulieren, passende weitere Fälle habe ich dazu nicht gefunden, aber ich würde meinen Lieblingspulli verwetten, dass das nicht alles war.«

»Wie sieht's bei dir aus, Miriam? Hast du was Konkretes?«, fragte Paul.

»Nein, bis jetzt nichts. Ich habe aber auch nur kurz gesucht, denn ich habe hier selber noch sieben Altfälle auf dem Tisch, die ich mir näher ansehen muss.«

Harry sah kurz aus dem Fenster, dann rieb er sich den Dreitagebart. »Dieser Dreifachmord liegt erst vier Jahre zurück. Die Kollegen von der Mordkommission behalten oftmals ihre unaufgeklärten Fälle noch eine Weile bei sich, bevor sie im Archiv landen, schließlich haben die auch ihren Ehrgeiz und hassen unaufgeklärte Morde. Die zentrale Erfassung mit diesem Programm«, er wedelte lapidar in Richtung Miriams Monitor, obwohl der damit so gar nichts zu tun hatte, »ist ja auch noch ganz neu, da denkt noch nicht jeder dran.«

»Wenn wir mehr erfahren wollen, müssen wir bei den Kollegen direkt anfragen«, stellte Paul fest.

Harry winkte ab. »Die stecken voll in ihren eigenen Ermittlungen. Berlin ist die kriminellste Stadt Deutschlands, hundert Mord- und Totschlagsfälle jährlich. Glaubst du im Ernst, die Kollegen würden sich die Mühe machen und uns Informationen geben?« Nachdenklich kratzte er sich am Kopf und schaute in die Runde. »Das wäre auch etwas schwer zu begründen: Wir haben da so ein Bauchgefühl, bitte lasst uns an euren Ermittlungen teilhaben … Ihr wisst doch, wie sehr die einzelnen Ressorts in Konkurrenz zueinander stehen, und dann kommen wir daher, quasi aus der zweiten Reihe, und wollen bei ihnen mitmischen. Such etwas Älteres raus.«

Harry verzog unwillig das Gesicht. Er konnte sich auf Pauls Riecher verlassen, aber wenn ihnen doch die Informationen fehlten … Er nahm sich vor, mit seinem Freund Ernst zu sprechen – der Polizeipräsident könnte vielleicht weiterhelfen.

»Okay, ich sehe mal, was ich tun kann. Aber ihr sucht trotzdem erst mal weiter nach anderen Fällen. Jetzt brauche ich erst Mal einen Kaffee. Wie sieht's aus? Ihr auch einen?« Er zwinkerte Miriam zu.

Die verdrehte die Augen. »Ich geh ja schon. Weiß eigentlich gar nicht, weshalb ich hier arbeite. In jeder Dönerbude wäre ich besser aufgehoben und würde mehr verdienen. Das ist das letzte Mal, ihr Paschas, danach werdet ihr zur Abwechslung mal mich bedienen.«

Harry grinste. Er wusste, dass Paul zu Hause ganz schön unter Miriams Pantoffel stand, wenn sie also von *ihr* sprach, dann meinte sie nur Harry und der würde sich bis ans Ende seiner Tage auf eine angeborene Unfähigkeit zur korrekten Bedienung einer Kaffeemaschine rausreden und ihr im Zweifelsfall so bittere Plörre servieren, dass sie es dann doch lieber selber machte.

Mit rollenden Augen stand Miriam vor dem Kaffeeautomaten, der blubbernd seinen Inhalt in die Tasse entließ. Es war ihr schleierhaft, woher Harrys Aversion gegen die Bedienung dieser extrem simplen und komfortablen Maschine bestand. Sie könnte das einem Affen beibringen. *Aber nicht Harry*, dachte sie und grinste grimmig.

»Was uns helfen könnte, wären die Zeitungsmeldungen ab dem Tatzeitpunkt«, meinte Harry plötzlich. »Miriam, das wäre doch was für dich? Wenn in dem Zeitraum irgendwas passiert ist, dann hat es die Berliner Zeitung sicher gebracht. Und du, Paul, kniest dich noch mal voll in den Fall rein. Ist schließlich auf deinem Mist gewachsen.«

Miriam reicht Harry den Kaffee. »Sieben andere Fälle auf dem Tisch«, sagte sie genervt. »Was denn nun?«

»Verdammt! Ist der heiß.«

Miriam grinste.

Harry stand auf, ging zum Fenster und blickte gedankenverloren auf den Tiergarten. Dort zeigte sich die Natur in ihrem schönsten Gewand. Das satte Grün der Bäume und Wiesen mit den ersten Blumen dazwischen stand in Kontrast zu dem Grau in Grau der Häuser ringsum. Auf der Straße unten eilten geschäftig Menschen hin und her.

Während er vorsichtig an der Tasse nippte, schweiften seine Gedanken ab … Das Wochenende mit Elke hatte wieder einmal die bösen Geister vertrieben. Einst hatten sie eine Beziehung, aber die hatte den Polizeialltag nicht überstanden. Sie hatten sich in Freundschaft getrennt und waren weiterhin füreinander da, denn keiner von ihnen war bislang eine neue Beziehung eingegangen. Es genügte ihnen, gelegentlich gemeinsame Stunden oder Nächte zu verbringen – als Zweckgemeinschaft. So wie letzte Nacht.

Miriams Schuss hatte ihm das Leben gerettet, aber auch die Liebe seines Lebens getötet, denn er hatte sich ausgerechnet in die Serienmörderin verliebt, die ihn als nächstes Opfer auserkoren hatte: Nicole Tesmer, die er im Internet kennengelernt hatte. Als er in ihre brechenden Augen sah, während sie tot zusammenbrach, zerbrach auch etwas in seinem Innersten. Dass er dem Tode entronnen war, konnte ihn nicht darüber hinwegtrösten.

Miriam ließ ihren Löffel in die Tasse fallen und riss damit Harry aus seinen Erinnerungen. Unvermittelt wandte er sich um: »Ich werde Ernst aufsuchen. Vielleicht kann der uns weiterhelfen. Also ran, Leute, wir haben einen Fall zu lösen«, meinte er nun entschlossen. Er stellte seine Tasse ab und verließ ohne ein weiteres Wort das Büro.

»Also doch. Dacht ich mir schon«, frotzelte Miriam und zwinkerte Paul zu. »Sag mal, hast du heute Abend schon was vor?«

Paul strahlte sie an. Auch wenn sie ein Paar waren, so wohnten sie doch noch nicht zusammen, denn Beziehungen unter Kollegen waren unerwünscht. Der schüchterne Paul traute sich nicht so recht, Miriam ständig auf die Pelle zu rücken und freute sich jedes Mal, wenn sie einen gemeinsamen Abend vorschlug. Dann musste er nicht so herumdrucksen.

***

»Du kennst mich besser als jeder andere, Ernst, und du weißt, dass ich einen guten Riecher habe.« Treuherzig schaute er den Polizeipräsidenten an, der hinter dem wuchtigen antiken Schreibtisch fast verschwand, rechts und links türmten sich Aktenstapel auf, in der Mitte irritierte der Anblick einer auf antik gemachten Schreibtischgarnitur aus Marmor. Die Bankierslampe aus Messing mit ihrem grünen Glasschirm wirkte so deplatziert, wie ein Wischmopp im Streifenwagen.

»Dieser Fall liegt vier Jahre zurück, der ist fast noch warm«, erklärte er. »Ich brauche Auskunft über die laufenden Ermittlungen der aktuellen und weiter zurückliegenden Mordfälle. Du weißt so gut wie ich, dass die Kollegen manchmal alte Fälle zurückhalten. Mich interessieren in erster Linie die mit denselben Merkmalen. Da läuft womöglich jemand Amok und wir sehen es nicht. Wenn ich mich irre, werde ich dich nie wieder belästigen.« Erwartungsvoll schaute er seinen Vorgesetzten an und bemerkte das Unbehagen seines Mentors.

»Mensch, Junge, was du da von mir verlangst wird ziemliche Unruhe ins Haus bringen. Das ganze Dezernat wird sauer werden. Wenn du falsch liegst, wird man mich verkehrt herum ans Kreuz nageln.« Er blickte von seinem Schreibtisch auf und schaute Harry stirnrunzelnd an. »Aber gut, weil ihr da in eurer Bude ja tatsächlich ein gutes Gespür zu haben scheint, werde ich eine entsprechende Anweisung geben, aber wehe, wenn das umsonst ist«, stöhnte er und fiel ob der getroffenen Entscheidung abgrundtief seufzend in seinen Stuhl zurück.

Harry war erleichtert. »Ich danke dir. Keine Bange, wir werden dich schon nicht enttäuschen.« Er stand auf und verließ das Büro. Jetzt hatten sie freie Bahn. Er marschierte direkt ins Dezernat 11, wo die aktuellen Mordermittlungen liefen.

3

26. August 2014

Vor einem Jahr war es das erste Mal passiert. Nach der Tat hatte er Erleichterung empfunden und seine Dämonen waren fürs Erste besänftigt gewesen. Aber die Albträume blieben, da halfen weder Psychopharmaka noch Alkohol. Tagsüber war Markus durch die Arbeit im Laden abgelenkt, doch immer, wenn eine junge Frau den Laden betrat, hatte er das Gefühl, sie beschützen zu müssen, ja, sogar ein fast unerträgliches Bedürfnis, sie zu beschützen. Ihr könnte etwas zustoßen, wenn er nicht auf sie aufpasste. Der Drang, den Laden zu schließen und ihr nachzueilen, wurde von Mal zu Mal heftiger. Dieser wahnhaft aufkeimende Beschützerinstinkt nahm geradezu pathologische Formen an und wurde schließlich zu Markus' Obsession. Der Unterschied zwischen seiner Linda und den fremden Frauen war so unscharf, wie ein rotierendes Springseil. Irgendwie war ihm klar, dass es nicht Linda war, andererseits aber auch nicht, als würde man mit tränenverschleiertem Blick jemanden aus dem Augenwinkel sehen, der eigentlich gar nicht da sein konnte ... Immer öfter suchte er den Tiergarten auf, um erst spät abends mit der S-Bahn heimzufahren. Er behielt Frauen im Auge, die offensichtlich allein unterwegs waren; ungeschützt. Er passte auf sie auf, beobachtete sie, folgte ihnen unauffällig. *Du musst keine Angst haben. Ich beschütze dich. Unser Kind wird in einer Welt ohne Gewalt aufwachsen. Ich werde sie vom Abschaum befreien ...*

Die junge Frau sah sich routiniert in der S-Bahn um, prüfte, ob sie jemanden erkannte, ob jemand einen beunruhigenden Eindruck machte oder Betrunkene im Zug waren, wie man das so machte, wenn man täglich mit der Bahn zur Arbeit fuhr und manchmal erst spät wieder zurück. Die Betriebsfeier war eine Pflichtveranstaltung. Sie war ziemlich fertig. Die ganze Zeit fröhlichen Small-Talk zu betreiben, dabei zu allen nett zu sein, über jeden Witz zu lachen und dennoch sicherzustellen, dass keiner der Kollegen irgendetwas falsch verstand, war ziemlich anstrengend. Es war ihr ein Rätsel, wie die Kolleginnen das mit mehreren Glas Bowle hinbekamen, sie war schon nüchtern damit ausgelastet.

Sie seufzte. Ihr Blick fiel auf einen Mann, der sie anzustarren schien, aber vielleicht fand er sie einfach nur attraktiv. Er erwiderte ihren Blick freundlich. Sie schenkte ihm ein kurzes Lächeln, aber dann wendete sie sich ab. Nicht jetzt und nicht hier. So gut sah er nun auch wieder nicht aus.

An ihrer Station stieg sie aus und eilte den Bahnsteig hinunter. Den Mann, der ebenfalls ausgestiegen war, bemerkte sie nicht. Sie ging die Treppe hinunter, in Gedanken schon unter der Dusche. Sie überlegte, ob um diese Zeit noch irgendwas Brauchbares im Fernsehen kam, wobei Brauchbar mehr oder weniger identisch war mit *höchstens schon dreimal* gesehen und *nichts mit Dialekt*. Die Unterführung des Bahnsteiges war nur schwach beleuchtet, aber sie kannte das schon.

Als sie die Mitte des Ganges erreicht hatte, kamen ihr vom Ausgang her zwei Männer entgegen. Sie waren so plötzlich im Licht, dass es fast so aussah, als wären sie gerade von Scotty dahin gebeamt worden. Die junge Frau zuckte kurz zusammen, dann ging sie weiter, ohne sich etwas anmerken zu lassen. Starr blickte sie zu Boden, als die beiden sich ihr nähern. Sie will links an ihnen vorbeigehen, aber der eine trat ihr in den Weg.

Sie blickte auf, sah die beiden an. Das lüsterne Grinsen der beiden und das Messer, das nun aufblitzte, ließen keine Zweifel an ihren Absichten aufkommen.

»Wenn du schreist, schneid ich dir die Kehle durch, noch bevor dich jemand hört«, sagte der Kerl betont lässig, darum bemüht, sich seine eigene Unsicherheit nicht anmerken zu lassen.

Der andere entriss ihr die Handtasche und wühlte darin herum. »Ist das alles?« Achtlos warf er sie zur Seite. Er ging mit einem schnellen Schritt um sie herum und umklammerte sie von hinten.

Ihr wurde klar, dass es nicht um das bisschen Geld ging, das sie dabei hatte. Sie überlegte noch, trotz der Drohung um Hilfe zu rufen, aber da hatte der Mann hinter ihr schon seinen Arm um ihren Hals gelegt und drückt zu, während er versuchte, ihre Hände auf dem Rücken festzuhalten. Während sie sich wand, grapschte der andere ihr schon an die Brust. Er zerriss die Bluse und sie konnte die Gier in seinen Augen sehen. Er machte sich an ihrer Jeans zu schaffen, aber sie strampelte und hielt ihn somit ein bisschen auf Abstand. Der andere drückte darauf fester zu und sie bekam kaum noch Luft. Panik erfasste sie.

»Jetzt werden wir ein bisschen Spaß haben, Kleine«, keuchte er ihr heiser ins Ohr.

Seine Zunge leckte über ihre Wange. Ekel stieg in ihr auf und sie riss das Knie hoch, doch der Kerl vor ihr lachte nur und zog ihr die Jeans mit einem Ruck bis zu den Knien herunter, sodass sie die Beine nicht mehr bewegen konnte. In ihren Ohren rauschte das Blut, sie sah schon Sternchen, als der Druck an ihrem Hals endlich nachließ und sie japsend Luft holte. Sie spürte einen kalten Luftzug auf ihren Oberschenkeln.

»Ey Alter, verpiss dich«, hörte sie den Kerl vor ihr genervt sagen. »Mach dich weg, oder ich stech dich ab.«

Der Kerl hinter ihr drehte sich zu dem Fremden um und sie konnte ebenfalls den Kopf etwas drehen; sie erkannte den Mann aus dem Zug.

»Kümmer dich um den Scheißer!«, kreischte der Kerl, der sie immer noch umklammert hielt.

Sein Kumpel machte einen Schritt auf den Fremden zu. »Bist du taub, Alter?«, schrie er und fuchtelte mit dem Messer vor dem Gesicht des Mannes herum.

Der hielt plötzlich eine große Pistole in der Hand. Die junge Frau fragte sich noch, ob das lange Ding vorne dran etwa ein Schalldämpfer war, da hörte sie auch schon ein Ploppen und der Messerstecher fiel vor ihren Augen um wie ein gefällter Baum. Als er auf dem Boden aufschlug, färbte sich der Boden um ihn herum sofort dunkel. *Sieht genauso aus, wie in diesen Serien*, dachte sie verblüfft. Dann war der Mann auch schon bei ihr und sie hörte ein erneutes Ploppen. Es gab ein komisches Geräusch, als würde man in eine Matschpfütze springen, wie sie es als Kind immer gern getan hatte. Sie schloss die Augen, aber dennoch wusste sie ganz genau, dass gerade Blut und Hirnmasse von dem Mann hinter ihr auf sie spritzte. Die Arme des Mannes wurden schlaff, glitten an ihr herab und er rutschte an ihrer Kehrseite zu Boden, während sie mit der engen Jeans um die Knie versuchte, das Gleichgewicht zu halten. Hektisch zog sie die Jeans hoch und machte gleichzeitig ein paar taumelnde Schritte weg von dem Mann auf dem Boden, wobei sie fast über den anderen gestolpert wäre. Sie fasste sich an den Kopf und betrachtete ihre Hände, die im Schummerlicht der Unterführung rot aussahen, dunkelrot und glänzend. Sie sah Tropfen herabfallen, die Fäden zogen. Sie wollte sich das Gesicht mit der Hand abwischen, aber sie sah das fremde Blut daran, dachte an das Blut des Mannes in ihrem Gesicht und fing an zu schreien.

Als Markus die Unterführung verließ, schrie sie immer noch.

Und wieder eine Frau gerettet. Sie kann nun unbehelligt nach Hause gehen. Diese Dankbarkeit in ihren Augen ... Und zwei Verbrecher weniger ... Du wirst sie alle beschützen. Wenn du es nicht tust, bleibt das Übel auf den Straßen.

»Zwei weniger«, murmelte er und verschwand in der Dunkelheit.

Sie wird sich nicht an dein Gesicht erinnern. Das war eine gute Tat. Linda wäre stolz auf dich und wird eines Tages zu dir zurückkehren ...

Er schüttelte den Kopf, als würde das die Stimme vertreiben, die sich anhörte, als wäre es seine, aber er hatte doch gar nichts gesagt.

Er machte sich auf den Heimweg. Die Deutlichkeit, mit der die Stimme inzwischen zu ihm sprach, empfand er anfangs als bedrohlich, aber er hatte sich daran gewöhnt. Er wusste nicht, woher die Stimme kam, aber alles was sie sagte, klang richtig. War auch richtig. Er tat, was die Stimme sagte, und die Stimme sagte, was er tat. Als wären sie eins.

Im Wohnzimmersessel sitzend goss er sich einen Whisky ein und betrachtete das Bild von Linda, das an der mit gelben Teerosen bestückten Vase lehnte – ihre Lieblingsblumen. Er versank in Träumereien, wie es gewesen wäre, wenn sie ein Kind gehabt und eine Familie geworden wären. Es fühlte sich so gut an, allein die Vorstellung war Balsam für seine Seele.

Dann plötzlich blitzte wieder die Erinnerung an Afghanistan auf, die Explosion, das Blut seiner Kameraden ... Die Schreie der Sterbenden und seine

eigenen, als die scharfen Splitter sich in seinen Körper bohrten, ihn aber keine Ohnmacht von den un-
erträglichen Schmerzen erlöste. Die erbarmungslo-
sen Einsätze in Afghanistan hatten ihren Tribut ge-
fordert, er durchlebte diesen Albtraum wieder und
wieder, konnte sich immer nur kurz mit den Gedanken an Linda ablenken. Sie lösten innige Gefühle in
ihm aus und weckten neue Hoffnungen – Hoffnung,
die zur Realität wurde, wie er meinte. Sie war nicht
tot.

Manchmal irrte Markus durch die Straßen und
sprach wildfremde Frauen mit »Linda?« an, um sich
anschließend zu entschuldigen. Ja, er würde dafür
sorgen, dass ihr und seinem Baby nichts passieren
würde, bis sie wieder nach Hause kam. Er würde die
Stadt für sie vorbereiten, sie sicherer machen, den
Abschaum beseitigen. Ja. Linda. Sie war gerade
beim Joggen. Niemand durfte ihr ein Leid zufügen.
Alles würde wieder wie früher sein. Er hatte eine
Aufgabe … eine Mission …

3

Harry klopfte kurz an und trat ein, ohne das *Herein* abzuwarten. Er baute sich vor dem Schreibtisch des LKA 1-Chefs auf, der verwundert zu ihm aufblickte.

»Da brat mir doch einer 'nen Storch. Der Unruhestifter persönlich.« Lächeln erhob er sich und reichte Harry die Hand. »Bist du's wirklich? Ist ja 'ne Weile her, seit wir uns das letzte Mal gesehen haben. Gut siehst du aus. Ach ja, da war doch dieser schlimme Vorfall.« Sein Gesicht nahm einen bedauernden Ausdruck an. »Wie es aussieht, hast du ja alles gut überstanden, oder?« Er ließ sich wieder in seinen Chefsessel plumpsen.

»Hallo Oskar. Das scheint sich ja schnell herumgesprochen zu haben. Doch, mir geht's gut. Ich freue mich auch, dich zu sehen, obwohl der Anlass nicht so schön ist«, erwiderte Harry und nahm Platz.

»Ich weiß. Ich habe das Rundschreiben gelesen. Du bist jetzt Sonderermittler mit erweiterten Befugnissen.« Er setzte eine verdrießliche Miene auf.

»Das wird den Laden ziemlich durcheinanderwirbeln, wenn du anfängst in fremden Gewässern zu fischen.«

»Wir sind gerade hinter einem Mehrfachmörder her, der eventuell ein Serienmörder ist. Mmh ... bis jetzt ist es eher so eine Ahnung, aber mein Kollege Paul ist eine Koryphäe auf dem Gebiet. Der erkennt Zusammenhänge, wo andere gar nichts sehen. Wenn er meint, da sei was, dann ist da in der Regel auch was. Allerdings haben wir bis jetzt nur einen einzigen alten Fall, mit drei Toten. Das ist der Grund, weshalb ich hier bin: Ich glaube, die Kollegen vom Dezernat elf haben noch unbearbeitete Fälle, die nicht ins Archiv gewandert sind. Vielleicht ist da was über unseren Mann dabei. Du kennst doch dieses neue BKA-Programm, oder?«

»Natürlich, du hattest zweimal Erfolg damit. Wie könnte ich das nicht wissen? Na gut, also ich rufe gleich mal Herwald an. Ist ein netter Typ. Der leitet die Elf.« Er griff zum Telefon.

»Und wann machen wir wieder mal einen drauf? Das letzte Mal ist schon 'ne Weile her, oder? War ganz lustig – bis auf den Abgang. Weißt du noch wie du nach Hause gekommen bist? Ich jedenfalls nicht«, grinste Harry.

Oskar nickte nachdenklich. »Herwald? Oskar hier. Harry kommt gleich zu dir runter. Er hat ein paar Fragen bezüglich einiger alter Fälle. Geht doch in Ordnung, oder? Okay, alles klar.« Er legte auf und sah Harry an. »Er erwartet dich.« Er nickte wieder. »Vielleicht nächste Woche? Was meinst du?«

»Geht klar. Bei Peppino. Bis später.« Harry erhob sich strahlend und verließ schwungvoll das Büro.

Hauptkommissar Herwald Meixner war ein kleiner, etwas korpulenter Mittfünfziger. Er arbeitete schon eine ganze Weile im Innendienst. Mit den wenigen verbliebenen Haaren auf dem Kopf, die er dennoch akribisch gescheitelt trug, der roten Knollennase und den breiten Hosenträgern, die seinen Bauch vor dem endgültigen Herabfallen hinderten, machte er einen harmlosen, fast tragischen Eindruck. Tatsächlich war er jedoch einer der erfahrensten Ermittler des Dezernates.

»Du bist jetzt Sonderermittler von höchsten Gnaden«, lachte er Harry an, als der bei ihm hereinschneite. Er sprang gleich auf und schüttelte seine Hand. »Unser Ober-Guru hat extra wegen dir angerufen, das will was heißen. Komm, setz' dich und erzähl mir alles. Kaffee?«

»Gerne.« Harry machte es sich bequem und sah erfreut zu, wie sein Kollege ihm einen Kaffee eingoß. »Die sind nur alle so nett zu mir, weil ich was abbekommen habe, weißt du? Das ist quasi so was wie ein Behindertenbonus, als wäre ich auf einmal aus Porzellan oder so.«

»Na komm, ein bisschen Respekt vor deinen Erfolgen ist schon auch dabei.« Herwald reichte ihm den Kaffeebecher.

»Mag sein«, grinste Harry und erklärte in kurzen Worten, weshalb er hier war.

»Und deshalb hätte ich gerne gewusst, ob bei dir noch alte Akten liegen. Ab dem Jahr 2013.«

»Ja«, meinte Herwald und starrte kurz mit glasigem Blick in die Ecke, »ich hatte einen Fall, bei dem wir nicht weitergekommen sind. Vom August 2014. Alle Ermittlungen verliefen im Sand, aber ich wollte ihn noch nicht ins Archiv stecken. Ich hatte so ein Gefühl, dass es da um mehr ging. Die Akte habe ich noch hier …«, er sah sich um. »… irgendwo. Moment, hab' sie gleich.«

Umständlich kramte er in den untersten Fächern seines Aktenschrankes. Triumphierend zog er schließlich eine Akte heraus. Die kurze Bewegung hatte ihn bereits heftig schnaufen lassen, nun musste er sich auch wieder aufrichten, was eine echte Herausforderung zu sein schien.

»Wie kommst du eigentlich morgens die Treppen rauf?«, fragte Harry grinsend.

»Wir haben hier einen Aufzug«, keuchte Herwald mit knallrotem Kopf.

Harry war kurz unsicher, ob sein Kollege ob der frechen Frage gerade wütend war, oder ob er wegen der Anstrengung kurz vor einem Kollaps stand.

»Du kannst sie gleich mitnehmen.« Herwald warf die Akte auf den Tisch und ließ sich wieder in seinen Bürostuhl sinken. »Vielleicht kommst ja du damit weiter.«

»Danke, Herwald, du hast was gut bei mir. Sollte dir zu dem Fall noch was einfallen, weißt du ja, wo du mich findest.«

Herwald wischte sich mit einem großen Taschentuch, das er aus seiner Hosentasche gezogen hatte, den Schweiß von der Stirn. »Wenn, dann ruf ich an«, brummte er nur. Er hatte offenbar gerade keinen Nerv für Scherze.

Die Neugierde hatte Harry gepackt. Schon auf dem Weg nach unten – natürlich über die Treppe – blätterte er in der Akte und wäre beinahe die Treppe herunter gestürzt. Er blieb stehen und lehnte sich an die Wand. Die *Makarow* sprang ihm sofort ins Auge. *Verdammt, der Paul mit seinem Bauchgefühl. Das kann kein Zufall sein.* Zwei Tote. Hatten sie es jetzt mit fünf Mordfällen zu tun?

Harry riss die Bürotür auf, eilte zu Pauls Schreibtisch und knallte ihm die Akte hin. »Wie zum Teufel machst du das?«

»Was mach ich?«, fragte der erschrocken. Sofort schoss ihm die Röte ins Gesicht.

»Na das mit deiner Intuition. Schau dir die Akte an und sag mir, was du davon hältst.«

»Na das ging ja flott«, meinte Miriam. »Von wegen Probleme. Wie es aussieht, haben die dir die Akte ja quasi hinterhergeworfen.«

»Die mögen mich halt«, brummte Harry leise, während Paul in der Akte blätterte. »Der Paul und sein Bauch«, meinte er kopfschüttelnd und sah Miriam an. »Die beiden haben uns einen Fall besorgt, der es in sich hat. Fünf Tote bisher. So wie ich das sehe, haben wir hier einen Serienmörder und ich glaube nicht, dass das alles war oder es gar vorbei ist. Wir bekommen jetzt die gewünschten Informationen über liegengebliebene Fälle. Du kannst schon mal deine Kiste anwerfen.« Er wedelte wieder mal in Richtung ihres Bildschirmes. »Haut alles rein in die Kiste. Mal sehen, was sie jetzt ausspuckt. Die Kollegen haben sicher schon angefangen, ihre entsprechenden alten Fälle da einzugeben. Hoffe ich jedenfalls. Äh, so, und ich mache jetzt den Abflug. Habe eine Verabredung mit einem Bekannten, der vielleicht weiß, wie man an eine *Makarow* kommt.«

Miriam sah ihn ratlos an.

»Das ist die Waffe, mit der der Killer vermutlich unterwegs ist. Steht in der Akte da.« Er zeigte zu Paul rüber.

***

Das *PIANO* in der Nähe vom Alexanderplatz war bei Insidern als Umschlagplatz für Drogen, Prostitution und sonstige dubiose Geschäfte bekannt. Hier traf sich die Szene. Als Harry noch fürs Dezernat 4 – Organisiertes Verbrechen – arbeitete, war Sergio, der albanische Besitzer des Klubs, nicht nur Harrys Freund, sondern auch sein wichtigster Informant. Neben der Bar standen ein paar Tische und es gab eine kleine Tanzfläche. Der Laden war im Stil der 30er Jahre eingerichtet und leistete sich den Luxus eines Pianisten, der abends die tanzenden Gäste mit seinen Jazz-Rhythmen begeisterte. Alles war in diffuses Licht getaucht, auch tagsüber, und auf den Tischen standen kleine Lampen mit roten Schirmchen, die den Gästen etwas Intimität vorgaukelten, sich aber auch bestens für dunkle

Geschäfte eigneten, weil es nun mal wirklich verdammt dunkel war.

»Ich glaub's nicht! Mensch Alter, wie lange ist das her? Bist du's wirklich, Harry?« Die pure Wiedersehensfreude blitzte in Sergios Augen.

Er war ein Bär von einem Mann; fast zwei Meter groß, 150 Kilo schwer, hatte halblanges dunkelgewelltes Haar und einen Vollbart. Ein grellbuntes Hawaiihemd spannte sich über seiner Brust und eine üppige Goldkette zierte seinen Hals. Früher war er knietief in zahlreiche der dunklen Geschäfte, die in seinem Laden abgewickelt wurden, verstrickt und stand meist mit einem Fuß im Gefängnis. Erst durch die Bekanntschaft mit Harry konnte er rechtzeitig aussteigen und als Informant die Seite wechseln. Auch wenn er sich aus den illegalen Geschäften zurückgezogen hatte, galt er im Milieu immer noch als gefährlich und unantastbar – niemand würde sich ohne Not mit ihm anlegen.

Freudig schlug Harry ihm auf die Schulter. »Ja, ich freue mich auch, du alter Gauner. Irgendwie habe ich dich vermisst. Bekommt man hier auch was zu trinken oder soll ich wieder gehen?« Vergnügt schwang er sich auf einen Barhocker.

»Wodka pur, wie immer?« Ohne die Antwort abzuwarten schenkte Sergio ein und beugte sich verschwörerisch blickend zu Harry rüber. »Du bist doch nicht hier, um dich an meinem Anblick zu erfreuen, oder etwa doch?« Er stellte das Glas vor Harry auf den Tresen.

»Ja und nein. Ich brauche eine Auskunft. Nichts Dramatisches, aber für mich vielleicht wichtig.« Er machte eine kurze Pause und sah Sergio an: »Wenn ich eine Makarow brauche ... woher bekomme ich die?«

»Ach du meine Güte, so ein Fossil ... Niemand würde sich so etwas zulegen. Die sind bekannt für ihre Ungenauigkeit und werden nicht mehr angeboten. Also nicht von Waffenhändlern. Vielleicht auf dem Flohmarkt, du weißt schon, dem, auf dem alle möglichen Militaria verscherbelt werden. Aber sonst? Nee, niemand benutzt so ein Ding freiwillig. Warum?«

»Ich habe da einen Mordfall. Vermutlich mit einer Makarow, schwer zu sagen. Der Mörder verwendet Dum-Dum-Geschosse, hat nur bei einer Patrone das Einkerben vergessen, die haben die Ballistiker dann einer Makarow zugeordnet. Das ist ungewöhnlich und nun versuche ich, ob ich über die Waffe an den Mörder rankomme.« Harry hob sein Glas und prostete Sergio zu.

Dieser füllte sofort nach und kratzte sich nachdenklich den Bart. »Früher benutzten die Osteuropäer und Russen solche Knarren, aber das ist Jahre her. Genau wie wir entsorgen die ihre alten Waffen in die Dritte Welt. Insbesondere da, wo die Russen mal Krieg geführt oder Aufständische unterstützt haben. Spontan fällt mir da Afghanistan ein. Die Makarow soll ein beliebtes Souvenir bei den ISAF-Soldaten sein, habe ich gehört. Vielleicht ist sie von dort hierhergelangt. Mehr kann ich dir nicht sagen. Kann genauso gut sein, dass ein Ex-Soldat sein Mitbringsel dann hier auf dem Flohmarkt verhökert hat.« Er hob sein Glas. »Ich hoffe, du kommst nun wieder öfter vorbei, auch ohne Auskunftsersuchen«, grinste er und prostete Harry zu. »Nur interessehalber … war das ein Profikiller oder hat da jemand einfach einen abgeknallt?«

»Nein, sieht nicht nach Profi aus. Dann wäre es keine so exotische Waffe. Er hat auch die Hülsen liegenlassen, ein Profi sammelt so was ein oder schießt gleich durch eine Plastiktüte, damit die nicht rumfliegen. Sieht nach einer spontanen Angelegenheit aus«, log Harry. Er wollte keinesfalls vorzeitig das Gerücht über einen Serienkiller in Umlauf bringen. Er hob nun ebenfalls sein Glas und prostete Sergio zu. »Es geht doch nichts über gute Freundschaft. Danke, Alter, das war sehr hilfreich.«

Sie kippten ihre Drinks runter und knallten die Gläser grinsend auf den Tresen, wie Halbstarke nach ihrem ersten Bier.

4

05. Mai 2015

Es war Frühjahr geworden. Die ersten Biergärten hatten bereits geöffnet und es zog Markus magisch an den Ort seiner Erinnerungen. Hier waren er und Linda oft spazieren gegangen, einige Male fuhren sie mit einem Paddelboot auf dem See, um verbotenerweise eine Teichrosenblüte zu pflücken. Obwohl die zu groß dafür war, versuchte er trotzdem, sie ihr ins Haar zu stecken. Dann wieder kicherten sie wie kleine Kinder, als sich ein paar Wildenten schnatternd in die Lüfte erhoben. Ein andermal verfolgten sie mit dem Boot eine Entenmutter mit ihren Jungen, bis diese sich in den Schutz des Schilfes flüchteten. Es war die pure Lebensfreude und ihr heiteres Lachen hallte weithin über den See. Später gingen sie in ein Café und träumten von einer wunderschönen Zukunft als Familie. Ihr Glück schien perfekt. Seine Zeit als Berufssoldat würde bald enden und sie konnten dann den Blumenladen vergrößern und ein geordnetes Leben führen. Doch dann wurde er nach Afghanistan versetzt …

Sein Schädel drohte zu platzen. Das brachte die Stimme so mit sich, als wäre nicht genug Platz für sie beide in seinem Kopf. Wenn sie sich nur nicht so oft melden würde, das war kaum zu ertragen. Es blieb kaum Zeit für schöne Gedanken, ständig dröhnte nur die Stimme in seinem Kopf, wie ein Ohrwurm, den man nicht mehr loswurde, immer fordernd und eindringlich: *Du musst deine Mission fortführen. Da draußen läuft immer noch Abschaum rum und du siehst tatenlos zu und sonnst dich in deinem Elend. Du bist Soldat! Du bist im Krieg gewesen und fast gestorben, aber nichts hat sich dadurch verändert. Es ist Zeit, endlich etwas zu ändern. Tu was. Oder willst du, dass das auch hier passiert? In dieser Stadt? In deiner Stadt? In Lindas Stadt? Du kannst das ändern. Du kannst Linda beschützen.* Hin- und hergerissen zwischen Wahn und Wirklichkeit war ihm zwischenzeitlich immer mal wieder kurz bewusst, dass er auf diese Art und Weise seine Linda niemals zurückbekommen würde. Das Töten befriedigte die Stimme nicht mehr richtig, nur kurz, nur ein bisschen, nicht genug. Wer war er, dass er glaubte, diese Stadt vom Verbrechen befreien zu können? Für jeden, den er töten würde, kämmen fünf neue. Es war aussichtslos. Er versuchte manchmal, die Stimme zu ignorieren, diskutierte gar mit ihr: »Ich will Linda zurückhaben und das geht nicht, wenn ich nachts herumziehe und Verbrecher töte«, sagte er. Doch die Antwort lautete: *Wenn du die Stadt nicht aufräumst, ist Linda nicht sicher.* »Ich passe auf sie auf!«, schrie er. *Schrei weiter so rum, dann kommen sie dich holen und stecken dich ins Irrenhaus,* zischte die Stimme dann und er sagte nichts mehr. Irritiert suchte er nach einem Ausweg aus dieser vertrackten Lage. Aber sein Gegner war nicht zu fassen, war mal da, dann wieder nicht, irgendwie unwirklich. Manchmal war er gar nicht sicher, ob da eine Stimme war, manchmal war er aber auch nicht sicher, ob er nicht genau das wollte: töten. Es musste etwas geschehen, etwas, das seine Sehnsucht stillte und ihn aus diesem Irrsinn rettete.

Das Gezwitscher der Vögel verstummte langsam. Er saß im Biergarten vom *Café am Neuen See*. Mücken tanzten auf der im Abendrot schillernden Wasserfläche, während die untergehende Sonne den Himmel in ein fremdartiges Rot tauchte. Er mochte dieses Café, obwohl es nicht weit von der Lichtensteinallee lag. Das Ambiente gefiel ihm, alles war zwanglos, gemütlich … Er schüttelte sich, rieb sich die Augen und starrte das Wasser an, das er sich bestellt hatte. Es dürstete ihn nach einem Whisky, aber den konnte er sich auswärts nicht leisten, musste den billigen Fusel aus dem Supermarkt kaufen. Er fühlte sich immer seltsam klar, wenn er hier war. Ob das am Wasser lag? Er betrachtete seine Taten dann manchmal etwas distanzierter, realisierte, dass es illegal war, was er tat. Bis jetzt war alles für ihn glimpflich verlaufen, die Polizei suchte offenbar nicht nach ihm. Aber warum? Weil er ein Held war und half, die Straßen zu säubern? Oder weil sie keine Spur hatten? Er hatte tief in sich drin den Verdacht, dass Letzteres der Grund sein könnte und er konnte sich ausrechnen, dass ihn das Glück irgendwann verlassen würde. Er war kein Profi und würde Fehler machen, das war sicher. Dabei wollte er doch nur wieder mit Linda zusammen sein. Linda ... Er brauchte jetzt dringend einen Whisky.

Als er das Geld für das Wasser auf den Tisch legte, hatte er eine Entscheidung getroffen ...

Die Keller unter dem Blumenladen wurden von den anderen Mietern nie genutzt. Sie waren größtenteils eingefallen, vermodert und überall lag Schutt herum. Es roch alt und muffig. Nur wenige Türen waren noch vorhanden. Die Gänge zogen sich unter dem gesamten Wohnblock hin, bis weit unter die angrenzenden Häuser. Ein faszinierendes Labyrinth, Überbleibsel des letzten Krieges, als Keller nicht nur als Luftschutzbunker, sondern auch als Fluchtwege konzipiert wurden – falls ein Eingang durch Bombentreffer unpassierbar wurde.

Bei dem Gedanken, dass er und Linda wieder vereint wären, durchströmte ihn ein Glücksgefühl, sodass er nicht bemerkte, wie die Nacht hereinbrach. Bunte Lichterketten und Schlagermusik aus den Lautsprechern, schufen eine Atmosphäre für Verliebte und Nachtschwärmer. Es war Zeit zu gehen …

Gerade war Markus noch alleine im Abteil. Nun schloss sich zischend die Tür hinter einem jungen Mann, der sich prüfend umschaute. Unter dem schrägsitzenden weißen Käppi quollen halblange dunkle Haare hervor, die das von Akne-Narben entstellte Gesicht umrahmten. Er mochte zwischen achtzehn und zwanzig sein. Die Jogginghose und dass einstmals weiße T-Shirt hatten schon bessere Zeiten gesehen. Die Füße steckten in abgelatschten Nikes. Demonstrativ nahm er Markus gegenüber Platz. Der gehetzte Blick in seinen Augen signalisierte bereits Ärger.

Vorsichtshalber umfasste Markus den Griff der *Makarow* unter seiner ärmellosen Weste. Bis zur nächsten Station waren es nur wenige Minuten. Er kannte das Schema: einsteigen, ausrauben und bei der nächsten Haltestation verschwinden. So was passierte laufend, die Zeitungen waren voll davon.

Er sollte Recht behalten: Der Junge hatte plötzlich ein Messer in der Hand. »Die Brieftasche her, aber schnell, sonst stech ich dich ab, du Wichser«, sagte er hektisch und hielt Markus das Messer vors Gesicht.

Mit der Sitzbank im Rücken konnte Markus nicht ausweichen. Er ließ die Pistole los, griff sich in die Hosentasche und stand langsam auf, während er sein Portemonnaie herauszog.

»Nun mach schon, dann passiert dir auch nichts. Ich hab's eilig.« Ungeduldig stieß der Bursche mehrmals mit dem Messer in die Luft.

Wortlos reichte er es dem Typ vor ihm und machte dabei gleichzeitig einen Schritt zur Seite. Der Kleinganove ließ es durchgehen und griff nach der Brieftasche.

Da machte Markus einen Schritt zurück und holte die *Makarow* heraus. »Ich gebe dir, was du brauchst, aber es wird dir nicht gefallen.«

So ein dämlicher Kerl. Du wirst ihn doch erschießen oder?, rief die Stimme.

Hörte das denn nie auf?

Tu es einfach. Das ist ein Krimineller! Du hast eine Mission!

Hin- und hergerissen zwischen Wahn und Wirklichkeit traf Markus die Entscheidung im Bruchteil einer Sekunde, es hätte genauso gut die andere sein können. Er drückte ab. Die Kugel zerfetzte den Hinterkopf des Jungen, dessen ungläubiges Gesicht in einem Regen aus Blut und Hirnmasse explodierte und an Wand und Scheibe hinter ihm klatschte. Auf seinem Weg nach unten besudelte er noch die gesamte Sitzbank samt Lehne und blutete anschließend den Boden voll.

Du bist deiner Bestimmung wieder ein Stück nähergekommen. Hättest du das früher gemacht, wäre Linda noch bei dir.

»Lind ist bei mir«, sagte er, ohne nachzudenken.

Verdammt, das war nicht vorgesehen. Er wollte lediglich nach Hause.

Und was ist mit der Mission? Du kannst nicht einfach damit aufhören. Denk an all die Menschen, die deinen Schutz brauchen. Du bist auserwählt etwas zu ändern. Wie ein Lindwurm kroch die Stimme durch sein Gehirn.

»Nein, nein, nein! Das bringt mir Linda nicht zurück. Ich weiß, dass sie irgendwo da draußen ist, ich muss sie nur finden und dann werden wir wieder vereint sein.«

Und was machst du, wenn du sie gefunden hast? Sie auf Schritt und Tritt begleiten, damit ihr nichts geschieht? Bis sie wahnsinnig wird und vor dir flieht?

»Das weiß ich jetzt noch nicht. Lass mich!«, schrie er. Er konnte keinen klaren Gedanken mehr fassen. Die Stimme war er und er war die Stimme, oder doch nicht?

Linda stand auf dem Bahnsteig, in den der Zug gerade einfuhr. Er sah sich nach ihr um, aber sie war schon weg. Aber da stand sie, weiter vorne, neben einer Säule. Er sprang an die Tür und steckte die Pistole weg. Als die Türen sich öffneten, war sie verschwunden.

Er schüttelte sich und stieg aus. Mit gesenktem Kopf huschte er zur Rolltreppe, dabei sah er sich so gut es ging um: der Bahnsteig war leer, Glück gehabt.

Gott ist mit dir.

War das jetzt die Stimme oder Linda? Es klang nach ihr. Er sah zurück, aber sie stand widererwarten nicht hinter ihm.

Mit seinen akustischen Halluzinationen konnte er leidlich umgehen. Nun aber sah er auch noch ständig Linda: auf den Straßen, in der U-Bahn, in seinen Träumen … Wenn er sie tatsächlich mal finden sollte, wüsste er gar nicht, ob sie echt war. Ein beunruhigender Gedanke.

Ich sage dir dann, ob sie echt ist.

Ein noch viel beunruhigenderer Gedanke: Seine eine Wahnvorstellung wollte ihm dabei helfen zu erkennen, was real war und was nicht. Am beunruhigendsten aber war der Gedanke, dass er sich darauf verließ, dass die Stimme das tun würde.

Oder nicht?

Noch hatte er den Realitätsbezug nicht gänzlich verloren. Es musste eine andere Möglichkeit der Wiedervereinigung geben. Er hatte bereits Vorbereitungen getroffen.

Er war mehrere Stationen zu früh ausgestiegen. Den Rest der Strecke ging er zu Fuß. Er hoffte, dass er davon einen klaren Kopf bekommen würde.

***

Juni 2017

Es traf ihn wie ein Blitz und ging bis ins Mark, als sie auf einmal vor ihm stand: an die eins siebzig groß, blondes schulterlanges Haar, etwa dreißig, mit einem Lächeln im Gesicht, dass ihm einen regelrechten Schock versetzte. Ihre braunen Augen blickten sich suchend um und blieben auf dem bunten Frühlingsstrauß haften.

»Meine Mama hat heute Geburtstag und dieser Strauß wäre genau der richtige. Können Sie noch etwas Schleierkraut einbinden?«, fragte sie und blickte Markus lächelnd an.

»Ja … ja, natürlich«, presste er hervor.

Er drehte sich kurz um und schloss die Augen, um sich zu konzentrieren. Er durfte sich nicht anmerken lassen, wie sehr ihn ihr Anblick freute.

»Und in Cellophan einwickeln, mit einem roten Bändchen – geht das auch?«, drang ihre Stimme wie durch dichten Nebel zu ihm. Ja, sie war es …!

Zwei Jahre hatte er seine Illusionen mit Tabletten und Alkohol zu besiegen versucht, aber niemals die Hoffnung aufgegeben. Sogar die Stimme war mittlerweile verstummt. Er hatte sich auf diesen Moment vorbereitet und seine Vorkehrungen getroffen. – Und heute sollte dieser Tag sein …

Sie ist es.

Nach so langer Zeit meldete sich die Stimme wieder und bestätigte es ihm, wie versprochen: Das war seine Linda. *Und ich werde sie nicht wieder gehen lassen.*

»Ich habe da noch einen Frühlingsstrauß, der ihrer Mutter gefallen könnte. Allerdings ist eine Blume dabei, deren Duft ich nicht einordnen kann. Die einen finden ihren Duft betörend, andere sagen, sie riecht unangenehm.«

Die junge Frau sah ihn neugierig an. »Kann ich mal sehen?«, fragte sie.

»Sicher, kommen Sie.« Er ging nach nebenan. »Kommen Sie«, sagte er beiläufig.

Er hörte, wie sie hinter ihm den Holzfußboden betrat. Die Flasche und der Lappen lagen seit Wochen griffbereit auf einem kleinen Sideboard direkt hinter der Tür. Im Eintreten hatte er beides genommen und den Lappen bereits mit dem Chloroform getränkt. In einer geschmeidigen Bewegung drehte er sich um und presse ihr den Lappen aufs Gesicht. Dabei umfasste er mit seinem kräftigen Arm ihren Oberkörper und zog sie so fest an sich, dass sie die Arme nicht nochnehmen konnte.

Die Funzel an der Decke spendete nur spärliches Licht. Sie blinzelte und langsam nahmen die verschwommenen Konturen wieder Formen an.

Sie versuchte sich zu orientieren: ein Eisenbett mit buntem Bettzeug, ein Tisch, zwei Stühle. Auf dem Tisch lag ein buntes Tischtuch, darauf stand eine Blumenvase mit roten Rosen; die Wände waren hell und wirkten frisch gestrichen, der Betonboden war sauber. Ein schmaler Kleiderschrank mit fein säuberlich gestapelter Wäsche war auch da. Es gab kein Fenster und die schwere Eisentür zeugte von einer Zeit, als der Keller dem Schutz der Bewohner diente. Die Campingtoilette in der gegenüberliegenden Ecke ließ auf einen längeren Aufenthalt schließen. Langsam dämmerte es ihr: Man hatte sie entführt.

Sie war noch zu benommen, um die ganze Tragweite ihrer Situation zu erkennen. Vorerst quälte sie nur die eine Frage: *Warum?*

5

Juni 2017

Harry wachte stöhnend auf. Irgendwie war alles aus dem Ruder gelaufen und er war am Ende mit einer wasserstoffblonden Schönheit mitgegangen, von der er nicht sicher war, ob es was gekostet hatte oder nicht. Auf jeden Fall hatte sie ihm in seinem eigenen Bett das Hirn rausgevögelt. Es war eine ziemlich heftige Nummer gewesen, das wusste er noch. Und es hatte lange gedauert. Als er sich instinktiv in den Schritt fasste, spürte er ein unangenehmes Brennen, mit dem er sich lieber erst später befassen wollte.

Er hatte gekokst!, fiel ihm ein. Saublöde Idee. Er war so besoffen gewesen, dass er die Einladung von irgendjemandem – Sergio? Die Frau? – Jemand, der ein Foto davon an die Medien schicken würde? – angenommen hatte.

Es war das erste Mal, dass er Koks probiert hatte. Nur eine Nase, aber die hatte es in sich gehabt, hatte ihn so geil gemacht, wie er es noch nie erlebt hatte. Alles klar, die Frau hatte er bezahlt.

Er setzte sich auf und wollte sich gerade aus dem Bett schwingen, da sah er die Pulverreste auf dem Glastisch. Na super, von wegen *nur eine Nase*.

Er stand auf, um endlich pinkeln zu gehen. Da wollten wohl ein paar Wodkas und sicher jede Menge Bier raus.

Er versuchte gar nicht erst, im Stehen zu pinkeln, sondern ließ sich ächzend auf die Brille plumpsen. Als der Urin sich durch seine Harnröhre quälte, stöhnte er erneut auf – was für ein Brennen! Er hoffte, dass er sein gutes Stück einfach nur etwas überlastet und sich keine Infektion eingefangen hatte. Er musste mal gucken, ob er irgendwo eine aufgerissene Kondompackung fand, nur zur Beruhigung. Aber zuerst musste er was gegen seinen Kater tun …

»Ach du meine Güte«, entfuhr es Miriam, als Harry sich mit einiger Verspätung durch die Bürotür schob. »Paul! Schnell! Ruf die Ghostbuster! Hier ist ein Geist!«

Paul griff grinsend zum Telefon. »Notrufzentrale? Hier ist das Dezernat für alte Fälle. Ein besonders alter Fall hat sich erhoben und wandelt durch unsere Hallen. Wir brauchen die Ghostbuster.« Er sah Harry einen Moment sprachlos an, als dieser sich im Zeitlupentempo an den Kopf fasste und sich dabei an der Wand festhielt. »Einen Exorzisten oder wenigstens einen Schönheitschirurgen. Dieses Ding sieht schrecklich aus und wir wissen nicht, was es uns antun wird.«

»Hast du das vor dem Spiegel geübt«, stöhnte Harry.

»Quatsch«, sagte Paul viel zu schnell. Tatsächlich hatte er sich das zu Hause ausgedacht und sogar aufgeschrieben, nachdem Miriam irgendwann mal angedeutet hatte, dass sie Harry mit dem Ghostbusterspruch kommen würde, wenn er das nächste Mal verkatert im Büro aufschlug. »Gott im Himmel, was ist denn mit dir passiert?«, lenkte er schnell ab.

»Das sieht man doch, Blödmann«, fauchte Miriam. »Er hat mal wieder auf eigene Faust ermittelt und dabei ist ihm ein Tresen untergekommen.« Sie rollte die Augen und stand auf. »Du hast gegen einen kräftigen Kaffee vermutlich nichts einzuwenden, oder?« Auf dem Weg zur Kaffeemaschine klopfte sie Harry auf die Schulter, der immer noch an der Wand stand. »Ich mach ihn so stark, dass du stehst wie eine Eins.«

Harry zuckte zusammen. Dann schlurfte er zu seinem Schreibtisch.

Etwas verlegen dreinschauend, ein letztes bisschen Rest von Stolz simulierend, stellte er sich breitbeinig davor, als hätte er etwas Wichtiges darauf anzustarren. Lediglich Hemd und Hose, in Schwarz, wie üblich, machten einen frischen Eindruck an ihm, der Rest sah äußerst gebraucht aus.

»Mea culpa ...«, brummte er schließlich und klopfte sich auf die Brust. »Ich habe nur meine Arbeit getan. Recherche und so. Glaube, dass ich einen neuen Ansatz gefunden habe.« Er ging endlich um den Schreibtisch herum und ließ sich in den Stuhl fallen. »Gibt's in diesem Etablissement womöglich ein paar Aspirin zum Kaffee?«, fragte er leise.

»Au Backe, der nippelt uns gleich ab«, feixte Paul.

»Ein Team zeichnet sich dadurch aus, dass es in jeder Situation zusammenhält, besonders dann, wenn einer sich in einer Ausnahmesituation befindet, zum Beispiel als Untoter herumläuft oder Teilzeit für ein Gruselkabinett jobbt.«

»Geschätzte Kollegen ...«, hauchte Harry mit Grabesstimme, räusperte sich und fuhr etwas lauter fort: »Bitte ... lasst es gut sein. Ein ordinäres Aspirin würde mir mehr helfen, als alle eure blöden Scherze zusammen«, grollte er.

Miriam reichte ihm den Kaffee und ein Aspirin. »Wenn du wieder klar bist, kannst du uns ja von deinen Erlebnissen, sorry, Ergebnissen berichten. Reicht eins?« Sie grinste zu Paul rüber.

»Ja, gib schon her.« Harry vermied es, ihr in die Augen zu sehen.

Vorsichtig nippte er am Kaffee und schob das Aspirin gleich hinterher. Dann stützte er den Kopf in die Hände und sammelte sich.

»Also ... Ich habe wegen der Waffe rumgefragt. Das ist nichts, womit Waffenschieber handeln, eher ein Liebhaberstück. Ein beliebtes Souvenir für Soldaten, die im Auslandseinsatz waren. Afghanistan oder so.« Er setzte die Tasse ab und unterdrückte ein Würgen. Miriam hatte ihn wirklich stark gemacht. »Können wir damit was anfangen?«, brummte er schließlich. Mühselig stützte er den Kopf in die Hände und hoffte, dass das Dröhnen endlich aufhören würde. Wie lange brauchte so eine Aspirin bis ins Hirn? Gab es das nicht auch als Turbo? *Ach, egal ...*

»Zum jetzigen Zeitpunkt hilft uns das nicht weiter. Wir brauchen mehr Informationen für dieses Puzzle. Das Superdings«, sie sah Harry interessiert an, ob er mal wieder an ihrem Namen für das BKA-Suchprogramm herumnörgeln würde, aber Fehlanzeige, »müsste allerdings jeden Augenblick ein Ergebnis ausspucken. Voila – da ist es schon!«

Harry reagierte nicht.

Miriam scrollte langsam den Text hoch. Neugierig gesellte sich Paul dazu. »Dachte ich's mir doch«, rief Paul. »Da! Noch zwei Mordfälle: 2013 und 2014. Dum-Dum-Geschosse. In beiden Fällen waren die Opfer Halbstarke. Hinweise auf den Täter gab es keine. Charakteristisch sind die Schüsse in den Kopf, das Verteilen von Hirnmasse ist sozusagen sein Markenzeichen. Für den Fall von 2014 gab es eine Zeugin!« Paul keuchte vor Aufregung. »Sie konnte den Täter aber nur vage beschreiben, weil er einen Vergewaltigungsversuch vereitelt hatte. Sie stand unter Schock. Um die vierzig, circa eins achtzig, schlank. Mehr haben wir nicht.«

Miriam fuhr fort: »Nach Aussagen der Zeugin hatte er sie wohl von der S-Bahn aus verfolgt. Ihr kam es so vor, als hätte er sie beschützen wollen. Aber das kann natürlich auch Zufall sein. Vielleicht stieg er auch da aus und ist einfach langsamer gegangen als sie und deshalb erst dazugekommen, als die Vergewaltigung schon lief.«

»Ist das alles?«, fragte Harry, der sich aufrichtete und seinen Rücken streckte.

Paul blies Miriam sanft ins Ohr und ließ sich vom Duft ihres Parfums betören.

Schmunzelnd scrollte sie weiter. »Fürs Erste. Ich für meinen Teil glaube, dass der Typ aus irgendeinem Grund durch die Stadt zieht und *aufräumen* will, so á la *Ein Mann sieht Rot*. Der Film mit Charles Bronson, ihr wisst schon. Nein?« Sie sah in

Pauls ratloses Gesicht. »Seine Frau wurde getötet und er begab sich auf einen privaten Rachefeldzug ...«

»Geschenkt. Klassiker. Kam der neulich im Fernsehen, oder woher kennt du den?«, fragte Harry.

»Tele fünf. Dir geht's ja schon wieder besser?«

»Aspirin ist ein Teufelszeug«, meinte Harry lapidar.

»Wir müssen jetzt herausfinden, was sein Motiv ist. Vielleicht gehört *Beschützen* dazu?«, meinte Paul.

Harry ließ die Arme baumeln, beendete seine Beckenübungen und setzte sich wieder. Sein Gefühl sagte ihm, dass es da noch mehr gab. So ein Typ hörte nicht einfach auf. Da waren psychopathische Strukturen im Spiel. Eifersucht, Raub und Rache schieden hingegen aus. Hass ... vielleicht? Es gab Täter, die durch ein traumatisches Erlebnis aus der Bahn geworfen wurden, mit solchen Typen konnte alles passieren. Er hatte gelesen, dass sich manche eine eigene Philosophie zurechtbastelten, die zu ihrer Situation passte und ihr Handeln rechtfertigte. Dann gab es die, die sich irgendwie in der Bibel verstrickten und schließlich die völlig durchgeknallten. Solche psychopathischen oder paranoiden Persönlichkeiten waren schwer zu fassen, weil sie im Alltag völlig unauffällig waren. »Findet man das Motiv oder das Trauma, findet man den Täter«, murmelte er.

»Was?«, frage Paul.

»Miriam! Wie weit bist du mit der Zeitungsrecherche?«, rief Harry.

Paul stand noch immer neben ihr. Er machte einen kleinen Satz zur Seite, als sie ruckartig ihren Stuhl zurückstieß und Harry anfunkelte.

»Hast du eine Vorstellung davon, wie viele Kapitalverbrechen in Berlin passieren? Ich bin gerade mal bis Anfang 2015 gekommen. Das ist eine Sisyphos-Arbeit. Der einzige Anhaltspunkt wäre die Makarow als Tatwaffe und genau die wurde den Medien nicht genannt. Kurzum: Ich habe nichts.« Ihre Augen verschossen Blitze. »Noch nicht.«

»Beruhig dich«, brummte Harry und rieb sich die Augen. »Wollte nur mal nachfragen. Es wäre wichtig, mit der Frau zu sprechen, die den Täter persönlich gesehen hat.«

»Elvira Tönes, siebenundzwanzig Jahre, Versicherungskauffrau, wohnt in der Herdegenstraße«, las Miriam vom Bildschirm ab.

»Ich glaube, es ist besser, wenn du hinfährst, Miriam. Schließlich war das eine versuchte Vergewaltigung und von Frau zu Frau fällt es ihr sicher leichter, darüber zu sprechen.«

»Auf jeden Fall leichter als mit jemandem, der so aussieht, als …«

»Sags nicht«, knurrte Harry und rieb sich die Schläfen.

***

»Sag mal Herwald, kann es sein, dass es noch weitere Akten gibt die zurückgehalten werden?«, fragte Harry. Er saß wieder in Meixners Büro und hatte auch prompt einen Kaffee bekommen.

»Und du beschwerst dich über mein Übergewicht? Du siehst aus wie eine wandelnde Leiche, ein Abziehbild, wie ausgekotzt und …«

Ja, aber ich bin morgen wieder nüchtern, dachte Harry boshaft, hütete sich aber, das auszusprechen.

»Warum fragst du überhaupt?«, wollte Herwald wissen. »Gibt es etwas, was ich nicht weiß und neues Licht auf die Fälle wirft? Hat dich die Akte auf eine Spur geführt?«

»Sieht so aus. Riecht nach einem Serienkiller, aber uns fehlt noch das Motiv. Ich glaube, dass der weitergemacht hat oder sogar immer noch aktiv ist. Er hat noch zweimal zugeschlagen, 2013 und 2014. Wir konnten aber nichts Vergleichbares mehr finden. Jetzt haben wir 2017. Es muss noch mehr geben. Vielleicht kannst du mir weiterhelfen.« Hoffnungsvoll schaute er Herwald an, der gedanklich abwesend schien.

Plötzlich gab er sich einen Ruck und stand auf. »Vielleicht ist der Killer tot? Autounfall, an Krebs gestorben, Selbstmord, totgesoffen?« Er zwinkerte Harry zu, der den Seitenhieb mit einem säuerlichen Grinsen quittierte. »Oswald hat vor zwei Jahren einen Fall bearbeitet und sich ziemlich geärgert, nicht weitergekommen zu sein. Ich kann mich noch erinnern, wie stinkig der war, weil alle Ermittlungen im Sande verlaufen sind. War der sauer: *Der Typ geht mir nicht durch die Lappen und wenn ich hundert Jahre dran sitze* hat er rumgetönt. Der hat …«

»Wo hebt er seine Altfälle auf? Ins Archiv hat er sie nicht gebracht.«

»Das wollte ich ja damit sagen. Der ist grade in Urlaub, aber er hat sicher nichts dagegen, wenn ich dir die Akte gebe.«

Harry nickte. Tatsächlich war er sich sicher, dass der Kollege im Dreieck springen würde, wenn er wüsste, dass der sich seine Akte schnappte.

»Er hat da so eine Ablage. Komm, wir schauen mal nach.«

Sie erhoben sich mühsam – Herwald kämpfte gegen die Schwerkraft, Harry gegen die Übelkeit.

Sie gingen äußerst gemächlich zu Oswalds Schreibtisch.

Nach kurzem Suchen hielt Herwald eine Akte hoch. »Hier, Mai 2015 in der S-Bahn. Ein Jugendlicher, Hirn an der Wand verteilt. Loch in der Scheibe, darum keine Kugel gefunden. Eine Neun-Millimeter-Hülse. Sonst nichts.« Er schloss die Akte.

Beide schauten sich an. Das war er.

»Kann ich sie mitnehmen? Wenn es derselbe Killer ist, haben wir ein ernstes Problem.«

»Nimm mit. Ich kann das mit Oswald klären.«

»Danke. Du hast mir wirklich geholfen.«

Zurück im Büro legte Harry Oswalds Akte auf Pauls Schreibtisch. »Nummer fünf. Kannst du das auswerten? Ich bin überzeugt, wir haben es mit ein und demselben Täter zu tun. Was wir brauchen, ist ein Motiv, also streng dich mal an, Rotschopf.«

»Ich tu mein Bestes, du verhinderter Mexikaner. Wunder dauern aber etwas länger.«

Er wusste, dass das Harry ärgerte. Nicht wegen dessen mexikanischer Wurzeln, sondern weil er es bisher nicht geschafft hatte, seinen Vater in Mexiko zu besuchen. Der besaß dort eine Agaven-Plantage und produzierte erfolgreich Tequila und Kosmetikprodukte. Für den Hausgebrauch brannte er exquisiten Mezcal. Der einzige Kontakt zu ihm bestand aus Telefonaten und Versprechungen. Warum schaffte er es nicht, seinen Vater zu besuchen? Für dieses Jahr hatte Harry es sich fest vorgenommen – mal wieder – und wollte das endlich durchziehen, wie er Neujahr verkündet hatte. Aber Paul wusste, dass das wieder nichts werden würde.

Harry war dementsprechend auch angemessen angesäuert: »Noch so ein Spruch, und ich versetz dich zur Sitte«, grummelte er. »Ich mach mich mal vom Acker.«

Schon war er wieder draußen. Verdutzt schauten Miriam und Paul auf die Tür, die hinter ihm ins Schloss gefallen war.

6

Lioba von Fürstenfeld, attraktiv und kürzlich von Duisburg nach Berlin gezogen, um ihrer betagten Mutter näher zu sein, hatte eine glänzende Karriere vor sich. Ihr neuer Job in einem Multimedia-Unternehmen verbesserte ihr Einkommen erheblich. Viel Zeit, um neue Kontakte zu knüpfen, hatte sie nicht, zu sehr nahm sie die Betreuung ihrer Mutter in Anspruch. Die Unterbringung in einen Seniorenwohnsitz wollte sie der alten Dame ersparen und lieber selber für sie da sein. Wieso war die Sorge, dass sie ihre Arbeit nicht termingerecht fertigstellen würde, der erste Gedanke, der ihr gekommen war, nachdem sie begriffen hatte, dass sie entführt worden war?

Sie saß auf dem Bett und versuchte, die Übelkeit zu vertreiben. Sie hatte einen ganz fiesen Geschmack von Lösungsmitteln in Mund und Nase. Das Hämmern in ihrem Kopf wollte auch nicht nachlassen und Angst hatte ihre Brust umschlossen, wie ein Stahlband. Unbändiger Durst quälte sie, ihre Zunge klebte am Gaumen.

Ob sie rufen sollte? Aber wer würde dann kommen? War sie einem Perversen in die Hände gefallen? Angestrengt überlegte sie. Der Blumenhändler hatte so einen sympathischen Eindruck gemacht. Was wollte er von ihr?

Die Sorge um ihre Mutter ließ ihre Augen feucht werden. Sie war ganz allein, wer würde sich jetzt um sie kümmern? Und dann war da noch der wichtige Termin – sie würden sie feuern, wenn sie das versaute …

Das Drehen des Schlüssels im Schloss riss sie aus ihrem Halbdämmer. Sie stand schnell auf und stellte sich gerade hin, wollte aufrecht und gefasst wirken, nicht wie das Häufchen elend, als das sie sich fühlte. Sie wollte eine Pseudonormalität herstellen, in der sie ihrem Entführer adäquat gegenübertreten konnte. Sie brauchte Antworten und wollte gleich die Fronten klären, immerhin war der Kerl nur ein Florist! *Warum?*, wollte sie ihn anschreien. *Weshalb bin ich eingesperrt?*

Er öffnete die Tür, ein Tablett in den Händen balancierend. Die Tür zog er hinter sich wieder ins Schloss.

Bei ihrem Anblick begann sein Herz bis zum Hals zu schlagen; ein Glücksgefühl, wie er es seit Langem nicht mehr verspürt hatte. Beinahe verlegen kamen die Worte über seine Lippen: »Wie schön, dass du wach bist, Linda. Ich habe dir etwas zu Essen mitgebracht und den Mehrfruchtsaft, den du so magst, und einen Salatteller mit Pinienkernen und Ringelblumenblüten. Du hast ja schon immer auf deine Figur geachtet.«

Er stellte alles auf den kleinen Tisch, setzte sich und schaute sie liebevoll an.

»Komm, setz dich doch. Es ist so lange her, seit wir uns das letzte Mal gesehen haben. Dieser Einsatz hat so lange gedauert ...« Abwehrend hob er beide Hände. »Ich weiß, du kannst nichts dafür. In all dem Chaos nach der Explosion haben wir uns einfach aus den Augen verloren, aber jetzt bist du ja wieder da.« Liebevoll blickte er sie an. »Bitte, setz dich doch«, wiederholte er.

Lioba hatte ihm mit offenem Mund zugehört, nun stieg Zorn in ihr auf und mit hochrotem Kopf und Funken sprühenden Augen schrie sie ihn an: »Was zum Teufel wollen Sie von mir? Ich heiße Lioba und nicht Linda. Was soll das Theater? Warum halten Sie mich hier fest? Sind Sie verrückt oder pervers? Das ist eine Entführung!« Sie konnte sich gar nicht wieder beruhigen. Wenn der Wutausbruch vorbei war, würde sie vielleicht nie wieder die Kraft aufbringen, sich dem Mann entgegenzustellen. Sie hatte sich ja auch nicht getraut auf ihn loszugehen, als er die Tür öffnete, unbewaffnet und mit einem Tablett in der Hand, hatte einfach blöde zugesehen, wie er die Tür wieder zuzog.

»Die Polizei wird mich früher oder später finden und Sie auch!«, donnerte sie weiter. »Und was dann?«

Markus stand auf, ging um den Tisch herum und zog den Stuhl zurück. Mit der Hand auf den Stuhl weisend forderte er sie erneut auf, Platz zu nehmen. »Du hast doch sicher Hunger, Linda? Setz dich bitte. Wir haben uns viel zu erzählen. Ich habe dich so lange gesucht. Ständig hatte ich Angst, dass dir jemand etwas antun würde. Da draußen laufen so viele kranke Verbrecher rum, aber ich habe sie für dich beseitigt.«

Lioba schluckte. Wie befürchtet verließ sie der Mut. Der Kerl war offensichtlich völlig irre. Und er hatte schon Leute beseitigt, also war er ein Mörder!

Sie setzte sich an den Tisch und schenkte sich von dem Fruchtsaft ein, den sie in gierigen Schlucken hinunterstürzte, während er ebenfalls Platz nahm.

»Was hast du nun vor?«, fragte sie und konnte das Zittern in ihrer Stimme nicht ganz unterdrücken. »Willst du mich für immer gefangen halten? In diesem Loch?« Mit einem Arm zeigte sie in die Runde und schaute ihn nervös an.

»Nein, Linda, natürlich nicht. Wir müssen aber erst mal wieder zueinanderfinden und unsere Liebe erneuern, bevor wir umziehen können. Das braucht Zeit. Aber dann werden wir für immer von hier fort gehen. Und vielleicht bekommen wir dann doch noch mal ein Baby.«

Er strahlte sie an. Über den Tisch suchte seine Hand die ihre und hielt sie beinahe zärtlich fest.

Sie hielt still. *Der Typ ist nicht normal. Ich muss auf sein Spiel eingehen, egal was passiert.*

Ja, sie liebte ihn noch, freute sich Markus. Alles würde gut werden.

***

Miriam hatte schon immer eine Aversion gegen das U-Bahnfahren, aber in Berlin war es meist schneller die Bahn zu nehmen, als selber zu fahren oder sich einem der gefürchteten Taxifahrer anzuvertrauen.

Endlich hatte sie die Herdegenstraße erreicht. Gut, dass sie heute keine hochhackigen Schuhe angezogen hatte. Auf ihr Klingeln wurde sie über die Sprechanlage gefragt, wer sie sei. Miriam nannte ihren Namen, da sie sich ja telefonisch angekündigt hatte. Der Summer wurde betätigt.

Als sie im zweiten Stock vor der Wohnungstür stand und leise klopfte, wurden mehrere Schlösser entriegelt und eine etwas verunsichert dreinblickende junge Frau schaute sie durch den Türspalt fragend an.

»Frau Tönes? Ich bin Miriam Koch vom Morddezernat«, sagte sie noch einmal und hielt ihren Ausweis hoch. »Darf ich reinkommen?«

Die Tür ging auf und Miriam trat ein. Hinter ihr wurde die Tür sofort wieder verschlossen und die Schlösser und Ketten arretiert.

Die kleine Wohnung machte einen sauberen und gepflegten Eindruck, die Einrichtung verriet den modernen Geschmack ihrer Bewohnerin. Lediglich die vielen Schlösser an der Wohnungstür passten nicht zu dem restlichen Ambiente und zeugten von den Ängsten der Frau.

Miriam nahm in einem der bequemen Wohnzimmersessel Platz.

»Darf ich Ihnen etwas anbieten? Kaffee oder Tee?«

»Einen Kaffee, bitte.« Miriam hoffte, zu dieser verunsicherten Frau einen Zugang zu finden.

»Mit Milch und Zucker?«, klang es aus der Küche.

»Schwarz, bitte, und ohne Zucker. Ich hoffe, es macht Ihnen keine Umstände?«, erwiderte sie.

Elvira Tönes Hände zitterten, als sie das Tablett auf den Tisch stellte und sich setzte.

»Darf ich Sie etwas fragen?« begann Miriam vorsichtig.

»Ja, bitte fragen Sie. Aber ich habe schon alles Ihren Kollegen gesagt.«

»Sie haben den Täter nur wenige Augenblicke gesehen?« Miriam nippte am heißen Kaffee. »Sie sagten damals aus, dass der Mann Ihnen seit der S-Bahn gefolgt sei, Sie sich aber nicht bedroht gefühlt haben. Warum hatten Sie diesen Eindruck?«

Sie hob nachdenklich den Kopf, schaute abwesend an die Decke. Dann blickte sie Miriam direkt an. »Es waren diese Augen, als er die beiden Männer erschoss. Sein Gesicht war wie eine Maske und seine Augen waren … eiskalt, gefühllos, ohne jegliche Regung. Danach sah er mich an und sein Gesicht war wie umgewandelt, beinahe liebevoll und irgendwie zufrieden. Er drehte sich noch mal nach mir um, bevor er die Unterführung verließ, als wollte er sich davon überzeugen, dass es mir gut ging. Als er die Männer erschoss …«, sie gab sich einen Ruck. »Sie hatten mir die Hose runtergezogen. Ich … ich … Er hat nicht mal hingeguckt. Das hat ihn nicht interessiert. Deshalb fühlte ich mich nicht bedroht, verstehen Sie?« Sie trank einen Schluck. »Ich sollte bei einem Phantombild helfen, aber ich konnte mich nur an diese Augen erinnern.«

»Na ja«, sagte Miriam sanft, »und er hat Sie schließlich gerettet, da hatten Sie vielleicht auch ein bisschen inneren Widerstand.«

Elvira Tönes blickte schweigend zu Boden.

»Hat er nichts gesagt und sofort geschossen?«

»Ehrlich, ich habe keine Ahnung. Ich war in Panik, entblößt …« Nachdenklich strich sie sich ein paar Haarsträhnen aus dem Gesicht und blickte abwesend aus dem Fenster.

»Frau Tönes?« holte Miriam die Frau zurück. Zugleich bemerkte sie Erkennen in ihrem Blick.

»Ich kann mich nicht erinnern, dass er etwas gesagt hätte.«

»Und sie hatten keine Angst vor ihm.«

»Nein. Ich spürte, dass er mich beschützen wollte. Mehr kann ich dazu nicht sagen. Alles andere habe ich ihren Kollegen damals erzählt.« Sie hob die Tasse an die Lippen und schaute Miriam fragend an: »Warum wollen Sie das nach all der Zeit noch wissen?«

»Wir haben den Fall neu aufgerollt und suchen ihn. Sie haben mir sehr geholfen und ich danke Ihnen – auch für den Kaffee.«

Sie verabschiedete sich und hörte hinter sich schon das Zuschnappen der vielen Verriegelungen. Sie wunderte sich etwas, denn normalerweise war das Trauma auf den Ort oder die Täter beschränkt, die aber tot waren. Hätte die Frau zukünftig Panik davor, Unterführungen oder ähnliche Orte zu benutzen, wäre das logischer. Aber das? Miriam schüttelte den Kopf.

Wieder im Büro zermarterte sie sich das Hirn über das Motiv: Ein eiskalter Killer mit Beschützerinstinkt. In allen drei Fällen handelte es sich um Hinrichtungen. Bei der Frau war es vielleicht Zufall und hatte mit dem eigentlichen Motiv nichts zu tun, aber dieser Mann tötete auf jeden Fall nicht wahllos. Alle Opfer waren Kleinkriminelle, Nobodys, Randalierer, Taschendiebe und dergleichen, kleine Fische eben, die Berlin nachts unsicher machten. Ihre Gedanken drehten sich im Kreise. Sie kam nicht weiter. Paul musste ran. Sie würde ihm von dem Gespräch erzählen. »Studierst du immer noch das Superdings?«

Er nahm ihren Ausdruck für die neue Software ohne mit der Wimper zu zucken zur Kenntnis. »Ja, warum fragst du?«

»Willst du gar nicht wissen, was ich in Erfahrung gebracht habe? Ich glaube, dass das für dich sehr aufschlussreich ist, Herr von und zu Kombinationsgenie.«

Er sah sie gespannt an und sie erzählte ihm von Elvira Tönes.

Als sie fertig war, lehnte er sich zurück, verzog in bekannter Manier das Gesicht, legte den Kopf zur Seite, starrte mit glasigen Augen an die Decke, kratzte sich am Kopf und presste die Lippen aufeinander. Man konnte regelrecht hören, wie es in seinem Kopf ratterte. Dabei bemerkte er nicht einmal, wie Harry das Büro betrat und erstaunt stehenblieb. Miriam bedeutete ihm mit dem Zeigefinger an den Lippen, dass er ihn nicht stören sollte. Auf Zehenspitzen ging er zu seinem Schreibtisch.

»Das ist ein Visionär«, sagte Paul nachdenklich. »Garantiert psychopathisch und von einer Mission getrieben. Das Ganze wurde von einem Trauma ausgelöst, aber von welchem?«, murmelte er leise. »Diese Endgültigkeit, mit der er tötet – Dum-Dum-Geschosse in den Kopf, keine Chance auf Gegenwehr, Flucht oder eventuelles Überleben – und dann dieser Beschützerinstinkt … oder Wahn? Beschützerwahn? Man beschützt ja nicht einfach wildfremde Frauen und folgt ihnen dafür … Das war kein Zufall, er hat sie verfolgt. Da er von dem Überfall nichts wissen konnte, hat er sie also proforma beschützt … Sie ist eine Stellvertreterin!«, rief er plötzlich.

Paul setzte sich wieder normal hin und bemerkte nun Harry. Er bekam schlagartig einen roten Kopf.

Harry nickte nur. »Sind das alle deine Erkenntnisse im Moment?«, fragte er.

»Mhhh – nein«, meinte Paul und stand auf. Von einem Fuß auf den anderen tretend meinte er: »Das muss ein Typ sein, der den Umgang mit Waffen gewöhnt ist. Eigentlich einer, der das Töten gewöhnt ist. Ein Soldat? Dann tritt ein gravierendes Ereignis in sein Leben und wirft ihn aus der Bahn. Ein Trauma. Soldat. Makarow. Afghanistan. Trauma. Ich sehe da einen Zusammenhang.« Wieder kratzte er sich den Rotschopf. »Wenn es dieses Trauma gibt, wäre das Motiv klar. Irgendetwas ist passiert, dann startet er seinen Feldzug. Wenn wir den Faden weiterspinnen, suchen wir einen Täter, dem in seinem privaten Umfeld Schreckliches passiert ist. Das Ganze weitete sich zu einer Paranoia aus. Weiß der Teufel, was da noch alles im Busch ist. Das war's vorerst, mehr fällt mir im Moment nicht ein.«

»Das sind doch 'ne ganze Menge Ansatzpunkte, oder, Harry?«

»Ja, sehe ich auch so. Wie verfahren wir weiter? Irgendwelche Ideen?«, fragend blickte er in die Runde. »Nein? Okay, dann machen wir Folgendes: Miriam recherchiert weiter im Zeitungsarchiv und zwar mindestens ein Jahr, bevor die Mordserie angefangen hat. Konzentrier dich auf Vorfälle, bei denen Frauen getötet oder vergewaltigt wurden, bei denen die Täter nicht ermittelt wurden. Das könnte das Trauma ausgelöst haben. Paul, du überprüfst die Heimkehrer aus allen Bundeswehr-Auslandseinsätzen seit 2013, nicht nur die aus Afghanistan, klar? Eine Makarow kann man sicher auch aus Mali mitbringen oder von sonst wo.« *Oder vom Berliner Flohmarkt,* dachte er, behielt das aber für sich. »Ich geh dann mal wieder.«

Völlig entgeistert starrten sie Harry an, als hätte er den Verstand verloren – oder weggesoffen.

Grinsend klatschte er in die Hände und stand auf. »Reingefallen, ihr Pappnasen. Wollte nur mal sehen, ob ihr mich vermisst habt. Okay, ich kümmere mich um die Schießsportvereine und Schützenvereine und was es da so alles gibt. Vielleicht kennt da jemand einen Typen, der schräge Ansichten hat, Selbstgespräche führt oder ständig auf Frauen aufpassen will. Auf geht's.«

»Wo warst du überhaupt bis eben?«, fragte Miriam. »Deinen Rausch im Keller ausschlafen?«

Harry warf ihr einen strengen Blick zu. »Nein, ich war … Also ich war schon im Keller, aber, also … Ich war in der Aservatenkammer. Ich wollte sehen, ob zu der Akte, die ich Paul gegeben habe, auch ein Video da ist. Die haben damals natürlich die Aufnahmen der Überwachungskameras gesichert, aber nichts gefunden. Ich hab noch mal nachgeguckt. Tatsächlich habe ich unseren Mann gefunden.«

»Nein!«, rief Miriam und machte große Augen.

»Doch«, sagte Harry. »Er sieht aus wie ein dunkelgrauer Fleck auf hellgrauem Hintergrund.«

»Was?«

»Die Kamera war weit entfernt und hatte nur eine niedrige Auflösung, er hat nach unten geguckt, also nix. Man kann nicht mal seine Größe halbwegs einschätzen. Nur eins: Fett ist er nicht, ist auch nicht weggerannt, sondern ganz gemächlich gegangen, hat die Rolltreppe benutzt.«

»Eiskalter Typ«, meinte Miriam.

»Psychopath«, korrigierte Paul.

»Oder einfach völlig irre«, seufzte Harry.

7

Als sie aufwachte, spürte sie sofort, dass die gesamte Situation falsch war. Sie war nicht zu Hause. Das war nicht ihr Bett. – Und sie war nicht allein! Wie ein Eisblock legte sich diese Erkenntnis auf ihre Brust und ließ ihr Herz bis zum Hals schlagen. Dann erst, mit dem Rauschen ihres eigenen Blutes in den Ohren, nahm sie die Details war: Ein Arm lag auf ihr, warmer Atem blies leicht an ihre Wange. Sie lag stocksteif da, öffnete die Augen und starrte an die Decke. Die trübe Deckenfunzel brannte ununterbrochen, zum kotzen.

Sie war in dem Verließ. Bei ihrem Entführer – in der Gewalt eines Irren. Sie nahm ihn aus dem Augenwinkel wahr.

Er lag neben ihr und beobachtete sie. Im ersten Moment wollte sie ihn von sich stoßen, überlegte es sich dann aber anders. Weiterhin unbeweglich wartete sie, bis ihr Herzschlag sich beruhigt hatte.

»Du bist wach … Tut mir leid, ich wollte dich nicht wecken«, hörte sie ihn flüstern. »Ich wollte nur deine Nähe spüren. Wenn es dir unangenehm ist, gehe ich wieder.«

Sie sah ihn nun an. Sein Blick verriet Zärtlichkeit, aber auch unerfüllte Sehnsucht. »Ich bin müde. Würdest du mich wieder alleine lassen? Du hast mich zu Tode erschreckt. Bitte hör auf damit, dich heimlich zu mir zu legen«, sagte sie so freundlich sie konnte. Sie bemühte sich, ihrer Stimme einen warmen Ton zu geben und gähnte zum Abschluss.

Es war bereits das dritte oder vierte Mal, dass er sich nachts zu ihr geschlichen hatte. Auf ihre Bitte hin war er aber immer wieder kommentarlos gegangen.

Wie lange sie schon eingesperrt war, konnte sie wegen des fehlenden Tag-Nacht-Rhythmus nur schätzen – vielleicht eine Woche? Nichts deutete daraufhin, dass er ihr körperlich etwas antun wollte. Sie hatte verstanden, dass sie in seinen Augen lediglich seine verloren gegangene Frau spielen musste. Er hatte ihr nicht gesagt, was mit Linda passiert war. Er war aber ein Mörder, zumindest hatte er das behauptet. Was er genau vorhatte, konnte sie nur ahnen, aber eines war klar: Für immer konnte er sie nicht gefangen halten. Und wie sollte die Sache dann enden? Der Gedanke, dass er sie beide am Ende töten würde, schob sie weit von sich …

Er legte großen Wert auf Sauberkeit. Fast fürsorglich kümmerte er sich um alles: das Essen, ihre

Kleidung, ebenso um das benutzte Geschirr und die schmutzige Wäsche. Alle zwei Tage holte er die Campingtoilette ab und brachte sie gereinigt zurück. Wenn die Situation nicht so grotesk wäre, könnte sie sogar Sympathie für ihn empfinden. Aber sie verbot sich jeglichen Gedanken daran: *Bloß kein Stockholmsyndrom!*, sagte sie sich immer wieder. Sie spielte nur mit, um ihre Chancen zu erhöhen, diesem Wahnsinn zu entkommen.

Später brachte er ihr etwas zu essen – Frühstück. Er nahm die Campingtoilette mit. War die überhaupt schon wieder dran? Führte er Buch oder machte er das frei Schnauze?

Als er zurückkam, hatte er wieder mal einen Blumenstrauß dabei. Was Blumen betraf, konnte sie sich nicht beklagen. Es war ein Witz: Der einzige Mann, der sie je mit Blumen überhäufte, war ein Irrer. Gut für alle anderen, die nach ihm kamen – falls da noch etwas anderes kommen sollte, außer dem hier: Sie konnte keine Blumen mehr sehen.

»Ich habe dir deine Lieblingsblumen mitgebracht, Linda. Ah – alles aufgegessen. Können wir uns unterhalten oder bist du müde?«

Sie widerstand dem Drang, die Augen zu verdrehen, und nickte ergeben.

Fast eine Stunde hörte sie ihm zu, während er ihr von seinen schrecklichen Erlebnissen in Afghanistan erzählte und dabei ihre Hand hielt. Mit schrecklicher Gewissheit erkannte sie mehr und mehr, dass vor ihr eine geschundene Seele saß, ein Mann, der aus Überzeugung seinem Land dienen wollte und desillusioniert, körperlich und geistig verwundet vom Krieg ausgespien wurde, nur um festzustellen, dass ihm das Einzige genommen wurde, wofür er noch lebte. Viel wusste sie nicht über traumatisierte Menschen oder gar das Posttraumatische Belastungssyndrom, von dem man bei Soldaten so oft höre, nur so viel, dass sie unberechenbar waren – in einem derart verdrehten Geist, konnte alles Mögliche passieren.

Markus schämte sich nicht der Tränen, die ihm über die Wangen liefen. »Wirst du mich wieder lieben können, so wie damals?« fragte er geistesabwesend, während er das Geschirr aufs Tablett stellte.

Ohne ein weiteres Wort verließ er den Raum. Nun war sie nicht mehr die Angebetete, jetzt war sie wieder die Gefangene. Gefangene eines Ex-Soldaten mit schwerem Dachschaden.

***

Harry hatte die Woche über so ziemlich jeden Schießsportverein abgeklappert, der im Umkreis zu finden war, aber vergeblich: Er war keinen Millimeter weitergekommen. Er hatte erst mal die Nase voll und wollte lieber ins anstehende Wochenende gehen. Aber vorher musste er noch im Büro vorbeischauen, ob es bei Miriam oder Paul neue Erkenntnisse gab.

Lediglich Miriam war noch mit dem Durchsuchen des Zeitungsarchivs beschäftigt.

»Wo ist denn Paul?«, fragte Harry.

»Ich weiß nicht. Während du dich rumgetrieben hast, hat er rumtelefoniert und meinte, eine neue Spur gefunden zu haben. Bei der Bundeswehr oder irgend so ein Amt, ich hab nicht immer zugehört.«

Harry überhörte die kleine Anspielung auf seine Außenrecherchen. Er hätte natürlich auch alles telefonisch machen können, aber vor Ort fielen einem manchmal Dinge auf, die sonst unbemerkt blieben. Und wenn man einem Menschen bei der Befragung ins Gesicht sehen konnte, war das hilfreicher, als ein schnödes Telefonat – am Telefon zu lügen war viel einfacher. »Und wie sieht's bei dir aus? Wie weit bist du?«

Sie drehte sich um und starrte ihn unwillig an. »Weißt du überhaupt, was in dieser Stadt täglich passiert? Raub, Mord, Totschlag, Vergewaltigung, Einbruch, Diebstahl – die ganze Palette rauf und runter. Und was machen unsere Politiker? Sparen, sparen und noch mal sparen. Du lässt mich seit Tagen in diesem Sumpf herumwühlen! Wenn ich meinen PC ausmache, überkommt mich das Gefühl duschen zu müssen. Im Moment bin ich im August 2012 …«

»Komm wieder runter. Du bist hier bei der Polizei, nicht beim Komitee für schönere Ententeiche. Ich weiß, dass das eine ätzende Angelegenheit ist, aber wir tappen nach wie vor im Dunklen. Also hast du was, oder nicht?« Er verdrehte die Augen, ging zu ihr und legte ihr den Arm um die Schuler. »Du bist so tapfer.«

Sie sah ihn irritiert an. Für einen kurzen Moment glaubte sie, seine Anteilnahme wäre echt. Dann wurde ihr klar, dass er sich nur über ihre Mimosenhaftigkeit lustig machte. Jetzt grinste er auch noch frech.

Sie schüttelte seinen Arm ab. »Ich habe einen Ansatzpunkt«, sagte sie knapp.

»Wirklich?«, fragte er überrascht. »Warum sagst du das denn nicht gleich? Nun sag schon.« Er drückte Miriam in ihren Stuhl, zog seinen heran und setzte sich neben sie.

Ihr Monitor zeigte mehrere Zeitungsausgaben der *Berliner Zeitung.* Sie scrollte kurz zurück: »Hier, am 16. August 2012 wurde im Ottopark eine Frau beim Joggen überfallen, vergewaltigt und getötet. Der Täter konnte nie ermittelt werden. Bei der Obduktion stellte sich heraus, dass sie im ersten Monat schwanger war. Ihr Name war Linda Trewes, dreißig Jahre alt, wohnhaft in Alt-Moabit in der Turmstraße. Floristin. Ihr gehörte ein kleiner Blumenladen. Die Medien machten ein großes Trara, von wegen Sicherheit und die Unfähigkeit der Politiker und Polizei et cetera, und widmeten sich dann wieder dem Alltagsgeschäft.« Sie machte eine Pause und sah Harry auffordernd an.

»Und? Das ist doch nichts Ungewöhnliches, passiert dauernd, oder?« Er strich sich durchs Haar.

»Aber jetzt kommt's!« Triumphierend hob sie den Zeigefinger. »Ungewöhnlich ist, dass ihr Mann in Mazar-i-Scharif von ihrem Tod erfuhr, als er dort schwer verwundet im Lazarett lag. Er wurde ausgeflogen und verbrachte mehrere Monate im Bundeswehrkrankenhaus in Koblenz. Nun sag: Was hältst du davon? Ich an seiner Stelle würde durchdrehen. Wenn das kein neuer Ansatz ist, fresse ich einen Besen samt Putzfrau«, meinte sie.

»Maza was?«, meinte Harry nur, der so schnell nicht das Kleingedruckte auf Miriams Bildschirm lesen konnte.

»Das ist in Afghanistan, da war er im Rahmen des ISAF-Auftrages stationiert. Dient da seinem Vaterland, während ihm zu Hause die Frau ermordet wird. Wie gesagt, ich würde durchdrehen.«

Harry kratzte sich nachdenklich am Kinn, stand auf und ging zum Fenster. Er blickte eine Weile schweigend zum Tiergarten hinüber.

Abrupt drehte er sich schließlich um. »Fast genau ein Jahr darauf gab es den ersten Mord, oder?«

»Der erste, von dem wir wissen. Die Hinrichtung dieser Jugendlichen im Tiergarten.«, erwiderte sie.

»Der Mann ist also verwundet, die Genesung dauert Monate. Er hat nicht nur mit dem Kriegstrauma zu kämpfen, es kommt auch noch die Ermordung seiner Frau obendrauf. Er hat keine Möglichkeit sich abzulenken, liegt im Krankenhausbett und kann nichts anderes machen, als immer nur daran zu denken ... Die psychologische Betreuung von traumatisierten Soldaten ist vermutlich nicht die beste, würde ich mal raten. Also ja, ich denke, der Mann könnte unser Täter sein.«

»Ich glaube auch, dass da so einiges zusammenkommt. Aber wir brauchen mehr Informationen über den Mann, um uns ein Bild zu machen.«

»Okay, gleich am Montagmorgen besorgen wir uns die Informationen. Vielleicht hat Paul die ja schon, der wollte ja wohl auch in Richtung Bundeswehr ermitteln. Grüß ihn, wenn du ihn siehst«, sagte er und setzte wieder dieses anzügliche Grinsen auf, für das ihn Miriam am liebsten mit dem Wasserschlauch abspritzen würde.

»Bis Montag, Harry – und übertreib's nicht wieder«, meinte sie und versuchte sich ebenfalls an so einem Grinsen. »In deinem Alter sollte man wirklich darauf achten, nicht älter auszusehen, als man ist. Es gibt Menschen da draußen, die sich vor Zombies fürchten.«

Er lächelte milde. »Für einen ersten Versuch nicht schlecht«, grinste er zurück. »Aber du hast ja keine Ahnung, du Küken: Heutzutage sehen die Zombies viel besser aus, als früher. Du musst mal einen George-Romero-Film gucken, da sehen die Zombies so richtig scheiße aus.« Er öffnete schwungvoll die Tür.

»Scheiße sagt man nicht«, brummte Linda ihm lahm hinterher. George Romero, nie gehört.

8

»Wie lange willst du mich noch gefangen halten, Markus? Sag mir endlich, was du vorhast«, schrie Lioba aufgebracht in die Kamera, die sie mittlerweile entdeckt hatte. Sie wusste, dass er sie beobachtete. Wenn sie daran dachte, dass er sie ... Es trieb ihr die Schamröte ins Gesicht. Dieser Mistkerl hatte sie Tag und Nacht im Blick. Wie pervers war der denn? Sie hatte ihn gebeten, wenigstens nachts das Licht zu löschen, aber jetzt war ihr klar, warum er ihr den Gefallen nicht tat. Ob die ganze Geschichte mit seiner Frau nur erfunden war, damit sie sein abartiges Spiel mitspielte? Sie sehnte sich nach einer Dusche, wollte ihr altes Leben zurück ... Und da war noch ihre Mutter, die sie dringend brauchte. Sie begann hemmungslos zu schluchzen. Das konnte kein gutes Ende nehmen. Etwas Schreckliches würde passieren ...

Markus schenkte sich nach. Der Whiskey verlangsamte seine Reaktionen, nicht aber seine Sinne. Stunde um Stunde saß er vor dem Monitor und starrte Linda an. Nur zu gut erinnerte er sich daran, wie sie sich oft bis zur Erschöpfung geliebt hatten, an ihre bedingungslose Hingabe, verbunden mit dem Wunsch, ein Baby zu bekommen. Die Liebe, die er jetzt für sie empfand, wärmte sein Herz. In Gedanken liebten sie sich wieder. Die Libido ließ seine Sinne sirren, seine Fantasie verrücktspielen, doch befriedigen konnte er diese drängende Lust nicht, es war körperlich nicht möglich und keine Erlösung in Sicht. Ihm blieben nur die Erinnerungen an die schönen gemeinsamen Stunden, wie Linda sich bewegte, ihr Essen einnahm, ihre Körperpflege verrichtete … Nur wenn sie die Toilette benutzen musste, drehte er sich um.

Es war bald soweit. Die *Makarow* lag neben ihm auf dem Tisch. Jedes Mal, wenn er sie in die Hand nahm und den kalten Stahl spürte, kamen ihm Zweifel. Brachte er es fertig sie mitzunehmen? Sollte sie tatsächlich zweimal sterben? Er wusste es nicht. Wie konnte man jemanden töten, den man so sehr liebte?

Was bist du doch für ein gottverdammter Feigling. Schau dich an, was aus dir geworden ist. Ein impotenter, unnützer Kerl! Du hast deinem Land gedient und das ist der Dank: Du bist ein Krüppel, zu nichts nutze, abgeschoben. Wäre nicht dieser jämmerliche Laden, hättest du es längst vollendet.

*Ist es das, was du dir wünschst? Ein lebender Toter
zu sein?*

Voller Wut knallte er das Glas auf den Tisch und
hielt sich die Ohren zu. »Lass' mich endlich in Ruhe!«, schrie er. Wieder und wieder raufte er sich die
Haare. »Nein! Nein! Ich kann sie nicht töten – ich
liebe sie doch.« Es war, als würden zwei Seelen in
seiner Brust um die Vorherrschaft ringen und ihn
dabei zerreißen. Schweißperlen tropften von der
Stirn und die *Makarow* an seiner Schläfe begann
unkontrolliert zu zittern.

»Nein, noch nicht! Der Polizist ist unschuldig.
Warum sollte ich ihn töten?«, schrie er und fuchtelte mit der freien Hand in Richtung Badezimmertür.

*Wenn du es nicht tust, werden sie dich fassen
und für den Rest deines Lebens einsperren. Du
musst es tun – jetzt gleich ...*

»Nein. Linda und ich gehen alleine, der Polizist
bleibt am Leben. Das sinnlose Töten muss ein Ende
haben«, murmelte er.

Dann schlich sich ein neuer Gedanke in seinen
Kopf: *Wenn ich gehe, dann geht auch diese verdammte Stimme ...*

*Wenn du es versaust, dann werde ich dich in die
Ewigkeit begleiten ...*

»Nein! Du lügst!«, rief er nun wieder laut. Er
hielt inne. Ob die Stimme recht hatte? Nein, sicher
nicht. Obwohl ...

Er legte die Pistole auf den Tisch, stützte den Kopf in beide Hände und beobachtete Linda, die wütend in die Kamera schimpfte.

***

Im ersten Moment wusste Paul nicht, wo er sich befand. Nur langsam fand er in die Wirklichkeit zurück. Sein Kopf drohte zu zerspringen, die Zunge fühlte sich an wie eine tote Ratte und er hatte entsetzlichen Durst. Er versuchte den aufkommenden Brechreiz zu unterdrücken, indem er ruhig und flach atmete, was ihm angesichts des Klebebandes über dem Mund aber schwerfiel. Er konnte sich nicht bewegen, die Hände waren auf dem Rücken gefesselt und er konnte nur verschwommenes Weiß erkennen. An den Geräuschen, die seine Bewegungen erzeugten, erkannte er jedoch, dass er in einer Badewanne lag. Es war kalt.

Wie lange liege ich hier schon?

Mühsam versuchte er sich umzudrehen und aufzurichten, um sich einen Überblick zu verschaffen, doch es war so eng und die Hände auf dem Rücken waren im Weg. Nach ein paar anstrengenden Versuchen, die seinen Atem viel zu hektisch werden ließen, gab er auf, um sich erst mal wieder zu beruhigen. Er konnte von Glück sagen, dass seine Nase nicht verstopft war.

Langsam kam die Erinnerung zurück: Linda Trewes ... Ein alter Bekannter, Edgar, von der *Berliner Zeitung* hatte ihn auf die Spur gebracht. Miriam hatte da etwas erwähnt und er hatte direkt hinterhertelefoniert. Edgar konnte sich noch gut an den Artikel erinnern: das Mordopfer war schwanger und ihr Mann, ein verwundeter Soldat in Afghanistan, erfuhr im Krankenhaus davon, wo er schwer verletzt lag. In Afghanistan. Es passte alles zusammen.

Er unternahm einen neuen Versuch, warf sich mit einem Ruck herum und landete auf dem Rücken, wobei er seine Hände unter sich einquetschte. Der Scherz ließ ihm die Tränen in die Augen schießen, aber außer einem dumpfen Geräusch war nichts zu hören, das Klebeband auf seinem Mund hielt bombenfest. Paul hatte ein Flimmern vor den Augen, sein Atem ging stoßweise und seine Nasenflügel bebten. Jetzt ganz ruhig ... eins ... zwei ... drei ...

Langsam ging es wieder und er schaffte es sogar, sich aufzurichten. Ein stechender Schmerz am Kopf durchzuckte ihn und er spürte, wie es warm und feucht an seinem Gesicht herunterlief. Er vermutete, dass er eine Kopfwunde hatte, die gerade wieder aufgeplatzt war.

In der Wanne sitzend sah er sich um. Das Bad war klein, das Fenster ebenfalls – da würde er sicher nicht durchpassen. Aber er war ja ohnehin gefesselt. Wie war er nur in diese saublöde Lage geraten? Er hatte sich von Edgar die Adresse geben lassen und war auf eigene Faust losgefahren. Fehler. Der Blumenladen war geschlossen, aber das hatte Paul nicht irritiert, die Ehefrau war die Floristin gewesen, natürlich war der Laden jetzt zu. Er hatte also an der Wohnung des Blumenladens geklingelt und Markus Trewes hatte ihn gleich hereingebeten, nachdem Paul sich als Polizist ausgewiesen hatte. Trewes machte einen sympathischen Eindruck, war ruhig und zuvorkommend. Wie ein traumatisierter Ex-Soldat sah er nun wirklich nicht aus, viel eher glücklich. Sein Bauchgefühl hatte wohl gerade Urlaub, als Paul dem Mann ins Wohnzimmer folgte. Als er sich der angebotenen Couch näherte, waren bei ihm die Lichter ausgegangen – das erklärte nun auch die Kopfwunde.

Als er so in der Wanne saß, konnte er eine Stimme hören. Er schloss die Augen und konzentrierte sich: Da war nur eine Stimme, als würde Trewes telefonieren: »... das sinnlose Töten muss ein Ende haben«, hörte er ihn sagen. Ob er bei den Morden einen Partner hatte? Das würde das gesamte Profil über den Haufen werfen. Oder? Paul kam zu dem Schluss, dass der Mann Selbstgespräche führte, beziehungsweise mit der Stimme in seinem Kopf sprach. Das passte und machte Sinn. Viel Ahnung hatte er nicht von der Psychologie eines Traumatisierten, aber in den einschlägigen Filmen hörten die Irren oft Stimmen im Kopf, da war sicher was dran.

Paul schloss erschöpft die Augen. Sein Herzschlag hatte sich schon wieder beschleunigt. Er war in den Fängen eines unberechenbaren Irren, der auf irgendwelche Stimmen aus seinem Kopf hörte – wie in einem billigen Horrorfilm. Vor seinem geistigen Auge sah er Trewes mit einer Machete oder einer Axt hereinstürmen, um auf ihn einzuhacken.

Auf keinen Fall konnte er einfach nur hier rumliegen und abwarten, was passieren würde. Er musste sich befreien! Erst mal raus aus der Wanne, dann bekäme er vielleicht die Fesseln ab. Auch ein irrer Serienkiller hatte ja sicher irgendwo eine Nagelschere oder dergleichen.

Paul drehte sich seitlich. Er hatte vor, sich mit einem Ruck um 180 Grad zu drehen und dabei die ausgestreckten Beine anzuwinkeln und unter sich zu ziehen, sodass er auf die Knie kam, im nächsten Anlauf würde er sich dann hinstellen. Er atmete ruhig ein und aus, dann nahm er Schwung und drehte sich – rutschte seitlich weg und knallte mit dem Kopf an den Wannenrand.

Es wurde wieder schwarz um ihn herum.

Markus saß derweil vor dem Monitor und beobachtete *Linda*. Er verzehrte sich nach ihr, wollte sie umarmen und ihr sagen, wie sehr er sie liebte. Warum sollte er sie in den Tod mitnehmen wollen? Und warum schwieg die Stimme jetzt? Er hätte das gerne ausdiskutiert. Diese abrupte Beendigung des Dialoges bedeutete nichts anderes, als dass die Sache noch nicht erledigt war. ER wurde einfach ignoriert, als wäre nicht er es, der das Sagen hatte. Aber das hatte er doch. Es war doch sein Leben? Natürlich hatte er das Sagen. Aber warum fürchtete er sich dann so sehr davor, dass er dennoch tun würde, was von ihm verlangt wurde?

Er begann zu schluchzen. Tränen liefen seine Wangen hinunter und verschleierten seinen Blick. Er wischte sich mit dem Ärmel das Gesicht ab, nahm die *Makarow* und verließ das Zimmer.

***

Die Nachtkühle verdrängte die Hitze des Tages, die Harrys Mansardenwohnung tagsüber wie einen Backofen aufgeheizt hatte. Er ließ sich wie ein Toter ins Bett fallen. Es war vier Uhr morgens und dämmerte bereits. Die ersten Vogelstimmen begrüßten den neuen Tag. *Ausschlafen und nie wieder zu Ser-*

gio war sein letzter Gedanke, bevor er in einen traumlosen Schlaf fiel.

Das Klingeln aus unendlich weiter Ferne ließ ihn schlaftrunken umhertasten, bis er den Störenfried endlich zu fassen bekam. Auf dem Display erkannte er Miriams Nummer. »Verdammt, wenn's nicht brennt oder der Himmel herabstürzt, werde ich dich vierteilen«, grunzte er.

Als ihm klar wurde, dass sie weinte, war er schlagartig wach und setzte sich auf die Bettkante. »Was ist passiert? Miriam – rede mit mir!«

Schluchzend versuchte sie zusammenhängende Sätze hervorzubringen. »Paul … er ist heute Nacht nicht nach Hause gekommen … Also nicht zu mir … Dabei hatten wir uns für heute verabredet … Bei mir …«

Harry verdrehte die Augen. Miriam hörte sich an, als würde sie vermuten, Paul läge in den Armen einer anderen, was natürlich völliger Quatsch war. Aber sie hatte schon recht, Paul war nicht der Typ, der sie versetzen würde, es musste gewichtige Gründe geben, wenn er sich nicht meldete.

»Hast du ihn angerufen?«, frage Harry. Natürlich hatte sie das, aber er musste das fragen.

»Klar hab ich ihn angerufen. Auf seinem Festnetz und auf seinem Handy. Die ganze Nacht. Ich habe ihm Whatsapps geschickt und SMS. Er ist jetzt seit zwei Tagen verschwunden. Harry! Ich habe Angst, dass ihm was passiert ist … «

»Wie, zwei Tage? Ich denke …«

»Er ist gestern losgegangen, dieser Spur folgen. Und heute war er nicht im Büro.«

»Warum hast du das nicht gesagt, als ich da war?«

»Hab ich doch, aber du hörst ja nie zu.«

»Du musst so was deutlich sagen, nicht so als Spruch, der unter Scherz laufen könnte.« Harry wollte gerade sauer werden, aber dann bremste er sich. »Okay, beruhige dich erst mal. Ihm wird schon nichts passiert sein.«

»Das habe ich mir gestern ja auch noch gesagt, aber jetzt ist es die zweite Nacht, die er … Ich spüre einfach, dass etwas nicht in Ordnung ist! Ich kenne Paul doch. Der verzichtet doch nicht auf den … auf den … Kuschelabend.« Sie hielt kurz inne, dann hatte sie den peinlichen Moment überwunden: »Ihm ist etwas zugestoßen – ganz sicher!«

»Willst du, dass ich zu dir komme?«

»Ich weiß nicht – ja, vielleicht.«

»Ich komme«, sagte Harry und legte auf. In einem persönlichen Gespräch würde er mehr erfahren. Vielleicht hatte sie sich sogar schon beruhigt, wenn er eintraf, und war in der Lage ihm ausreichende Hinweise zu geben, wo Paul stecken könnte. Jetzt hatte er nämlich selber so ein Bauchgefühl und das gefiel ihm ganz und gar nicht. Mit aller Macht musste er den Gedanken daran verdrängen, dass man Pauls Leiche finden könnte – mit weggesprengter Schädeldecke.

Ihr Kopf lehnte an seiner Schulter, während er sie im Arm hielt. Sie saßen auf der Couch und dachten nach, was sie tun konnten. Sie hatte sich tatsächlich etwas beruhigt.

»Du sagtest etwas von einer Spur, der er nachgehen wollte«, fing Harry an. »Und irgendwas vom Militär.« Er war sich mittlerweile sicher, dass Paul einen Alleingang durchgezogen hatte und jetzt in der Tinte saß. Wollte vermutlich vor Miriam den dicken Macker machen. Tolle Idee. Es gab Schreibtischtäter und Frontschweine – und Paul war besser hinter dem Schreibtisch aufgehoben, das war mal amtlich.

Miriam schüttelte schwach den Kopf.

»Nun denke nach, Mädchen! Du hast gesagt, irgendwas mit Bundeswehr oder so.«

»Ich weiß es nicht mehr. Ich habe ihm dauernd von meinen Ergebnissen erzählt. Er hat dann rumtelefoniert und ist los.«

»Was hast du ihm denn vorher erzählt?«

»Weiss ich nicht. Alles mögliche … Herrgott, du weißt genau, dass ich manchmal vor mich hinplappere …«

Das war allerdings wahr. Wenn Miriam in Gedanken war oder sich unbeobachtet fühlte, brabbelte sie ständig vor sich hin, was sie gerade machte. Solange Harry anwesend war, nahm sie sich zusammen, aber wenn sie mit Paul allein war, plapperte sie womöglich wasserfallartig.

»Hast du die Akte von dieser Frau Trewes hier?«, fragte Harry endlich. Das war sein nahe liegendster Anhaltspunkt. Diese Spur hatten sie gestern gemeinsam für interessant befunden. Vielleicht hatte Miriam genau das vorher schon Paul gesagt und der war daraufhin losgestiefelt, um nachzusehen, ob da womöglich irgendwo ein durchgeknallter Ex-Soldat als Serienkiller unterwegs war. Sehr clever, der Paul, wirklich. Harry schüttelte den Kopf.

»Nein, wieso?«, schniefte Miriam.

»Weil das unsere einzige Spur ist. Ich glaube, dass Paul herausgefunden hat, wer der Killer ist und wo er wohnt. Du kennst seinen Riecher. Unsere einzige Chance ist, dass er über Trewes gestolpert ist. Wenn es ein anderer sein sollte, würden wir im Dunkeln tappen. Ich brauche die Akte und dann fahren wir dorthin. Kann ich dich allein lassen?«, fragte er. Mitnehmen wollte er sie auf keinen Fall. Eine Waschmaschine am Bein wäre weniger Ballast als dieses schniefende Häuflein Elend.

»Ich fahr' ins Büro, sie liegt auf meinem Schreibtisch«, sagte sie nur und stand auf.

Harry verdrehte die Augen und folgte ihr hastig. Vielleicht würde er ja auch auf Pauls Schreibtisch einen Hinweis finden, wo er stecken könnte. Er wünschte sich sehnlichst eine Notiz zu finden auf der stand: *Ausprobieren wie es ist, ein oder zwei Nächte sturzbesoffen durch die Gegen zu torkeln,* aber das war so unwahrscheinlich wie eine Hochzeit zwischen Kim Jong-un und Donald Trump.

9

Die Gabel … Hatte er bemerkt, dass sie fehlte? Der Bitte um ein gemeinsames Essen war Markus freudig nachgekommen. Erst gab es eine Hühnerbrühe mit Backerbsen, dann Hähnchenschenkel mit Rosenkohl und Salzkartoffeln, als Dessert eine Zitronencreme. Er hatte sich richtig Mühe gegeben.

Markus saß Lioba gegenüber und blickte sie fragend an. »Hat es dir geschmeckt? Möchtest du noch etwas?«

»Die Krönung wäre jetzt ein Espresso, aber der Kaffee tut es auch. Ich danke dir, Markus. Das war sehr lieb von dir, mir diesen Wunsch zu erfüllen.« Als sie die Worte hörte, die ihren Mund verließen, fragte sie sich besorgt, ob das wirklich noch Schauspiel war, oder ob da bereits das Stockholmsyndrom mitschwang. Sie wusste es nicht.

Zaghaft suchte ihre Hand die seine. Sie spürte, dass bald etwas Gravierendes passieren würde. Seine innerliche Zerrissenheit und die Ruhe, die er ausstrahlte, signalisierten ihr, dass er einen Entschluss gefasst hatte. Er würde sie töten, fürchtete sie. Aber kampflos wollte sie nicht aufgeben. Diesen Schritt würde sie ihm so schwer wie möglich machen und wenn sich die Gelegenheit ergab, würde sie …

Eine andere Angst schlich sich in ihre Gedanken. Was, wenn ihm draußen etwas zustoßen würde? Niemand würde sie hier suchen. Sie würde verrotten. Nein, so wollte sie nicht sterben. Nicht in einem muffigen Kellerverließ mit überlaufender Chemietoilette, ohne essen und trinken. Es war viel zu riskant auf eine günstige Gelegenheit zu warten. Sie musste jetzt handeln … aber er war viel zu stark. Sie hatte nur einen Versuch, wenn der misslang, wäre er gewarnt. Und würde sie sicher sofort töten. Nein, sie musste das gut überlegen. Aber wenn …? Lieber doch sofort? Er war grade in guter Stimmung, sicher völlig unvorbereitet, wenn sie jetzt mit der Gabel …
Sie hatte sich das vorher genau überlegt und der Gedanke, ihm die Gabel in den Hals zu stoßen, machte ihr keine Angst mehr. Aber so ein kräftiger Bursche … könnte ihn eine Gabel im Hals überhaupt aufhalten? Wenn sie es bis zur Tür schaffte und von außen abschließen könnte …

Das Klappern des Geschirrs riss sie aus ihren Überlegungen. Zärtlich streichelte er ihre Wange, nahm das Tablett und wandte sich zur Tür. »Ich werde erst morgen zum Frühstück wiederkommen,

Liebste, dann werden wir beide für immer zusammen sein«, sagte er.

Sie schloss die Faust um die Gabel und machte einen kleinen Schritt vor, dann blieb sie stehen.

Die Tür fiel ins Schloss. Panik stieg in ihr hoch. Sie wollte schreien, doch ihre Kehle war wie zugeschnürt. Warum hatte sie wie eine Salzsäule dagestanden? Wenn nicht jetzt, wann dann? Er hatte ihr gerade gesagt, dass er sie morgen töten würde. Sie beide. Er wollte also freiwillig sterben. Wenn sie ihn jetzt getötet hätte, wäre das für ihn aufs selbe rausgekommen. Aber sie konnte es nicht. Wenn sie es jetzt nicht konnte, würde sie es morgen können?

Tränen schossen ihr in die Augen. Die Antwort gefiel ihr nicht. Dennoch steckte sie die Gabel ein, solange sie noch sicher sein konnte, dass er noch nicht wieder am Überwachungsmonitor saß.

Sie setzte sich, bevor ihre Knie nachgeben konnten. Er würde es sehen und sich fragen, was sie hatte. Es wäre nicht gut, wenn er wüsste oder zumindest ahnen würde, dass sie sich der Gefahr bewusst war, in der sie schwebte, dass sie seinen Plan kannte.

War es morgen soweit, würde sie sterben? In den Armen eines Irren? Nein, auf keinen Fall! Sie würde sich wehren! Sie würde kämpfen – und wenn es das Letzte wäre, was sie in ihrem Leben tun würde.

***

Paul kam endlich wieder zu sich. Er lag mit dem Gesicht nach unten in der Wanne, ihm war eiskalt. Sein Gesicht fühlte sich an, als läge er auf blankem Eis. Außer Dunkelweiß sah er nichts.

Er blinzelte. Nichts änderte sich. Es war noch nicht dunkel. Welche Tageszeit war beim letzten Mal? Er nahm leichten Amoniakgeruch war. Er erinnerte sich, den kannte er schon. Diesmal war ihm noch vor allem anderen klar, woher der Geruch kam: Er hatte sich eingenässt – aber das war im Moment sein geringstes Problem.

Paul versuchte, auf die Knie zu kommen, wie es sein ursprünglicher Plan war. Die blutverschmierte Wanne – oder war das Urin, worin er lag? – erschwerte das Aufrichten, zumal er seine Hände und Beine kaum noch spürte. Es war eine einzige Qual. Je mehr er sich anstrengte, desto schwerer ging sein Atem, aber durch das verdammte Klebeband bekam er einfach nicht genug Luft. Also besser nicht zu sehr anstrengen, sonst würde er gleich wieder umkippen.

Nach ein paar Versuchen kam er dahinter, wie er es am geschicktesten anstellte: mit reiner Kraft. Ohne hektische Bewegungen, ohne Schwung oder sonst was, zog er langsam seinen Hintern hoch.

Dabei wurde sein Gesicht noch mehr gegen den Wannenboden gedrückt und in alles, was da floß – er wollte es nicht wissen, nicht mal drüber nachdenken. Nun musste er den Kopf auf die eine Seite drücken, damit der den restlichen Körper auf der anderen Seite weiterziehen konnte, ohne sich selbst das Genick zu brechen. Er machte immer wieder kurze Pausen, in denen er sich beruhigte, aber die Schmerzen in Gesicht und Rücken waren unerträglich. Er musste es jetzt durchziehen, sonst würde er wieder wegrutschen, also los: Mit einem Ruck zog er seinen Hintern weiter, während er sich über sein Gesicht abrollte und so auf die Knie kam. Er drückte sich mit der Stirn vom Boden ab, damit er sich nicht die Nase brach. Das hatte geklappt, jetzt nur nicht umfallen. Wie ein kaputter Liegestuhl hing er da auf halb acht und versuchte, seinen Atem wieder zu beruhigen. Dann drückte er sich mit dem Kopf ab und warf sich nach hinten, um endlich auf die Knie zu kommen … aber das reichte nicht. Er kippte wieder nach vorne und biss die Zähne zusammen, dann knallte er mit dem Kopf gegen den Wannenrand, wo die Befestigung für die Stöpselkette war. Er wollte schreien vor Schmerz, aber außer einem dumpfen Grummeln drang nichts durch dieses außergewöhnlich haltbare Klebeband. Mit Sternchen vor den Augen verharrte Paul in dieser Haltung, bis sich Puls und Atmung wieder beruhigt hatten. Dann ruckte er die Knie nach vorne, während er sich weiter mit dem Kopf an dem verdammten Ding abstützte, dass sich ihm in den Schädel bohrte.

Endlich war es geschafft. Er saß mit dem Hintern auf den Knien und konnte sich aufrichten. Als nächstes musste er in den Stand kommen.

Er wurde hektisch. Was, wenn ausgerechnet jetzt sein Peiniger reinkäme? Alles wäre umsonst gewesen. Nein, er durfte sich jetzt keine Zeit mehr lassen.

Dennoch: Er musste ruhig und konzentriert vorgehen, mit zu wenig Sauerstoff im Hirn würde es nicht klappen. Als keine Hektik.

Er lauschte den Geräuschen, die durch die Tür hereindrangen. Paul sammelte sich und unternahm einen Versuch, sich mit einem Ruck aufzurichten, aber er rutschte mit den Knien in der schmierigen Brühe aus, in der er bisher gelegen hatte und flutschte seitlich weg.

Plötzlich stand Trewes in der Tür, die Pistole auf ihn gerichtet. Das Gepolter war aber auch nicht zu überhören gewesen.

Markus beugte sich zu Paul runter: »Werden Sie schreien?«

Paul schüttelte den Kopf.

Mit einem Ruck riss Markus das Klebeband ab ... und Paul wollte schreien, er wollte so laut schreien, dass dem verdammten Arschloch die Trommelfelle platzten – sein Gesicht brannte wie Feuer –, aber die Waffe vor ihm war ein überzeugendes Argument. Der Schalldämpfer ließ sie noch gefährlicher erscheinen, signalisierte er doch, dass der Schütze kein Risiko einging, wenn er abdrückte. Heftig atmend stammelte Paul: »Nein, ich werde nicht schreien. Was haben Sie vor? Wollen Sie mich erschießen? Ich habe Ihnen nichts getan!«

»Halten Sie den Mund. Mich interessiert, wie Sie mich gefunden haben. Weiß noch jemand von mir?«

Das ist doch völlig egal, erschieß ihn einfach. Der ist bestimmt der Einzige, der von dir weiß. Also tu es endlich.

Nachdenklich legte Markus die Stirn in Falten und horchte in sich hinein.

Dieser irrsinnige Blick erschreckte Paul. Ein Wahnsinniger! *Lass ihn bloß nicht zu lange grübeln*, dachte er und antwortete schnell: »Es war der Zeitungsartikel über den Tod ihrer Frau. Der passte als Auslöser zu unserem Täterprofil, das wir aufgrund der Morde, äh, der Hinrichtungen? Säuberungen? erstellt hatten.« Paul fragte sich, wie der Irre seine Morde nannte. »Also jedenfalls passte das zusammen. Ich bin zur Überprüfung hergekommen. Meine Kollegen vermissen mich sicher schon und werden bestimmt …« Der Blick des Mannes vor ihm gefiel ihm gar nicht. Schnell wechselte er das Thema: »Haben Sie diese Menschen umgebracht? Die Toten ohne Schädeldecke – waren Sie das? Äh … Waren Sie das überhaupt? Denn wenn Sie das gar nicht waren, dann …«

»Es war Abschaum, der sie mir genommen hat.« Markus Trewes hatte nicht vor, sich aus irgendetwas herauszureden. »Anfangs war es Hass, später tötete ich diese Verbrecher, um Linda zu beschützen. Doch es war sinnlos. Nichts konnte sie mir zurückbringen. Und jetzt, wo endlich alles gut werden wird, da tauchen Sie auf.« Er hielt kurz inne, sah mit glasigen Augen an Paul vorbei. »Ich hatte nie vor, Unschuldige zu töten, ich wollte den Abschaum dieser Stadt beseitigen. Aber Sie sind in mein Leben eingebrochen und bedrohen mich. Warum konnten Sie nicht warten, bis es vorbei ist?«

Paul ahnte, dass sein Leben am seidenen Faden hing. Fieberhaft überlegte er, wie er das Ruder wieder herumreißen konnte. »Sie müssen das nicht tun. Ich bin keine Bedrohung für Sie und unschuldig bin ich auch. Lassen Sie mich hier einfach liegen und gehen Sie fort. Man wird mich irgendwann finden und Sie müssen Ihr Gewissen nicht mit einem weiteren Mord belasten.« Er bemerkte das kurz Aufblitzen in den Augen des anderen und wie er die Pistole herunternahm.

Nein, du wirst ihn töten müssen und dann wirst du dich und Linda von diesem Dasein befreien. Ihr werdet in einer besseren Welt leben und glücklich sein. Nichts und niemand kann euch wieder trennen. Tu es endlich ...

»Aber er ist unschuldig, genauso wie Linda«, sagte Markus nun laut. »Obwohl ... sie ist ja schon tot, das zählt nicht«, murmelte er leise.

Markus schüttelte sich kurz, ging zu einem kleinen Schränkchen in der Ecke und holte eine dicke Rolle heraus.

Panzertape, dachte Paul.

Markus verklebte Paul erneut den Mund und ließ ihn wie er war in der Wanne liegen.

Paul wusste nicht, ob er vor Wut heulen sollte oder vor Erleichterung. Er fragte sich nun, ob Markus Trewes seinen Vorschlag annehmen und sich verdrücken würde, oder ob er ihm nur etwas Aufschub gewährte, um ihn dann später doch zu töten. Abwarten war keine Option, Paul musste erneut versuchen, sich selbst zu befreien. Er kniete ja noch, Trewes hatte wohl nicht kapiert, dass sein Gefangener auf Abwegen war. Mit einem kräftigen

Ruck drehte sich Paul um neunzig Grad, sodass er mit dem Rücken an der Wand lehnte und den Wannenrand vor sich hatte. Nun schob er sich langsam an der Wand hoch. Er achtete darauf, dass er nicht seitlich wegrutschte, in dem ganzen Glibber, in dem er stand, was ihn viel Zeit kostete. Zeit, die er nicht hatte. Trewes konnte jeden Moment wieder reinstürmen, angeleitet von irgendeiner Stimme in seinem Kopf, die töten wollte.

Endlich stand er aufrecht. Das wohlige Prickeln in seinen Beinen, die Entlastung seiner malträtierten Knie auskostend, überlegte er, wie er nun aus der Wanne herauskommen konnte. Seine Fußgelenke waren mit Klebeband umwickelt.

Plötzlich vernahm er Geräusche. Aus einem lauten Klopfen und dumpfen Rufen wurde ein Krachen und Splittern – der liebliche Klang einer Tür, die mit einem Polizeirammbock aufgebrochen wurde! Paul war für einen kurzen Moment glücklich. Dann erinnerte er sich wieder daran, dass er von Kopf bis Fuß in seinem eigenen Saft mariniert war. *Hoffentlich ist Miriam nicht dabei …*

Markus beobachtet Linda, als sie sich aufs Bett setzte und zu ihm aufblickte. Er zoomte ihr Gesicht heran, bis es den Monitor ausfüllte und er direkt in ihre traurigen Augen blicken konnte. Nein, er würde sie nicht töten – seine Liebe war stärker als diese Stimme. Er wollte nicht ihr Mörder sein.

Seine Hand streichelte über den Monitor, während Tränen seine Wangen hinunterliefen. Er griff zur *Makarow* und schob sich den Lauf in den Mund – den Schalldämpfer hatte er zu diesem Zweck entfernt.

Das Hämmern an der Tür ließ ihn erschrocken aufhorchen.

»Hier ist die Polizei! Bitte öffnen Sie die Tür, Herr Trewes.«

Harry legte ein Ohr an die Tür und lauschte – nichts!

Kurzentschlossen schob er Miriam zur Seite und trat die Tür ein, die splitternd gegen die Flurwand krachte. »Du wartest hier«, zischte er und betrat mit vorgehaltener Pistole den Flur.

Er sah das Wohnzimmer und den Mann darin, der mit dem Rücken zu ihm auf einem Stuhl saß. Ein ohrenbetäubender Knall zerriss die Stille und Harry warf sich zu Boden. Besorgt sah er nach Miriam, die jedoch tatsächlich getan hatte, was er von ihr verlangte, und noch vor der Tür stand. Dann drehte er sich wieder um und sah gerade noch, wie der kopflose Körper vom Stuhl kippte. Blutspritzer und Gehirnmasse verunstalteten die Wand – das war sein Mann, hier war er richtig.

Harry rappelte sich hoch und ging ins Wohnzimmer. Erschüttert stand er vor dem Toten. Dann blickte er auf den Monitor, doch der war schwarz. Er ging zurück in den Flur. Miriam stand immer noch draußen. Er wollte sie dort in Sicherheit lassen, bis er die gesamte Lage gecheckt hatte. Er konnte in die Küche sehen, sie war leer. Gegenüber des Wohnzimmers war eine geschlossene Tür, direkt daneben noch eine. Er öffnete die erste – ein kleines Schlafzimmer. Leer. Harry sah kurz unter das Bett und riss mit vorgehaltener Waffe den Schrank auf, aber da war nichts. Er ging zurück in den Flur und nickte Miriam zu. Dann stieß er die andere Tür auf. Er erblickte eine Badewanne, in der Paul mit den Händen auf dem Rücken stand und ihn mit großen Augen anstarrte.

»Was – der hat dich einfach in die Wanne gestellt und du bist da brav stehengeblieben? Ich glaubs ja nicht«, grunzte er und ging rein.

Paul wusste nicht, ob er lachen oder weinen sollte. Aber er betete, dass Harry wenigstens beim Entfernen des Klebebandes etwas Sensibilität an den Tag legte …

Da wurde Harry von hinten weggerammt. Miriam schoss an ihm vorbei und fiel Paul heulend um den Hals. »Paul! Oh Gott! Geht's dir gut? Ich hatte ja solche Angst! All das Blut …« Sie drückte sich kurz von ihm ab. »Und wie das hier riecht ... Du Ärmster. Wie auf dem Bahnhofsklo. So eine Saubude ...« Sie umklammerte ihn und heulte Rotz und Wasser.

»Nun mach ihn doch erst mal los«, sagte Harry sanft und packte Paul am Arm, damit der nicht umfiel. Mit der anderen Hand zog er Miriam etwas zurück. »Der arme Mann kriegt ja kaum Luft. Wir müssen erst mal das Klebeband abmachen.« Er streckte die Hand nach Pauls Gesicht aus.

Miriam schlug Harrys Hand weg. »Das mach ich«, schniefte sie und zubbelte vorsichtig eine Ecke los. Dann zog sie langsam das Tape von Pauls Gesicht, der Tränen in den Augen hatte. »Tut es so weh?«, schluchzte Miriam und hielt inne.

»Quatsch, der schämt sich nur, weil wir ihn hier so finden.« Harry hatte sein Klappmesser aus der Hosentasche gefummelt und schnitt Paul erst mal die Fußfessel durch, damit der eine bessere Chance hatte, sein Gleichgewicht zu halten.

»Mach dir keine Sorgen, Liebling«, flüsterte Miriam. »Das ist in Ordnung. Hauptsache, ich habe dich wieder.« Langsam zog sie weiter an dem Klebestreifen auf Pauls Mund.

Harry versuchte gerade, an Pauls Hände ranzukommen, um auch diese Klebebänder durchzuschneiden, als das Tape auf seinem Mund die Lippen erreicht hatte. Mit einem lauten »Haa!« riss Paul den Mund auf und atmete heftig ein und aus.

»Danke!«, stammelte er zwischen den einzelnen Atemstößen. »Ich liebe dich!«

»Schon okay«, brummte Harry.

»Er meint mich!«, kreischte Miriam und fiel Paul nun wieder um den Hals, der jetzt auch endlich die Arme um sie schlingen konnte.

»Okay, okay … Da ihr jetzt beide stinkt wie ein Katzenklo, geh ich mal an die frische Luft.

Er ging in den Flur und nahm sein Handy, um die Kollegen zu rufen.

Nachdem er die Spurensicherung samt Gerichtsmediziner und einen Krankenwagen für Paul angefordert hatte, sah Harry sich in der Wohnung um. In der Küche bemerkte er das schmutzige Geschirr in der Spüle. Er sah zwei Teller, zwei Messer, eine Gabel …

Harry öffnete den Unterschrank der Spüle: Spülmittel, Abflussreiniger, eine Packung Putzschwämme, ein Fünf-Liter-Kanister Sanitärzusatz für eine Campingtoilette …

Hinter ihm kamen Miriam und Paul aus dem Bad. Er hoffte, dass sie Paul ein bisschen sauber machen konnte, aber da sie keine Ersatzklamotten dabeihatten, war da wohl der Wunsch der Vater des Gedankens. Er hatte auch gleich das Gefühl, dass es streng roch, das konnte aber auch Einbildung sein. Harry schluckte einen bissigen Kommentar herunter und stand auf.

»Was suchst du?«, fragte Miriam.

»Ich guck nur … Geschirr für zwei, Ersatzkanister für ein Chemieklo …«, er schüttelte nachdenklich den Kopf.

»Was meinst du?«, brummte Paul, dem der Sinn gerade nicht nach Ermittlung stand, sondern nach Dusche und Bett.

»Weiß nicht«, murmelte Harry und wollte an den beiden vorbei ins Wohnzimmer gehen, zuckte jedoch zurück und verharrte in der Küche.

»So schlimm?«, knurrte Paul.

»Ich, äh … im Wohnzimmer klebt Hirn an der Wand, vielleicht warte ich, bis das jemand …«

»Als ob dich das bisschen Hirnmasse stören würde. Sag doch einfach, dass ich stinke!«, Paul ging zurück ins Bad.

Miriam warf Harry einen wütenden Blick zu und ging Paul nach.

»Hab ich nie gesagt!«, rief Harry ihm hinterher und blieb im Flur stehen, quasi als Beweis. »Aber ich muss trotzdem ins Wohnzimmer«, sagte er mehr zu sich selbst.

Mit drei Schritten war er drin und sah sich um: Leere Whisky-Flaschen – Billigmarke –, ein leeres

Harry sagte nichts. Dass das reiner Zufall war, behielt er lieber für sich. Vorsichtig griff er dem Toten in die Tasche und holte den Schlüsselbund heraus. Ächzend erhob er sich und hielt seine Beute stolz in die Höhe.

Er wollte schon gehen, da sagte Paul lapidar: »Der Laden ist zu. Als ich herkam, war der während der normalen Geschäftszeiten geschlossen. Der ist dicht.«

»Und das sagst du mir, nachdem ich mir da einen abgebrochen habe?« Harry funkelte den grinsenden Paul an, setzte sich aber wieder in Bewegung. »Na, aber die Blumen wird er von da haben. Und unter dem Laden gibt es sicher auch einen Keller. Los jetzt! Da unten fällt dein Ge... äh ... nein, ihr wartet hier auf die Kollegen. Ich gehe allein.«

»Das könnte dir so passen!«, schimpfte Paul und stapfte mit seiner feuchten Hose, die ihm an den Beinen klebte, hinter Harry her.

Im Flur waren Geräusche zu hören.

»Die Kollegen sind da«, seufzte Harry. »Du musst dich jetzt erst mal untersuchen lassen. Kopfwunde, du weißt schon, Vorschrift. Ich ...«

»Das Übliche bitte, die Leiche ist da, den Computer sichern, das Hirn von der Wand kratzen und alles eintüten. Wir gehen derweil in den Keller runter!«, kommandierte Paul die Männer von der Spurensicherung herum und schob Harry durch den Flur. »Los jetzt! Steh hier nicht rum, alter Mann!«

»Holla! Was ist … Seit wann … Was?«

»Ist mir gerade scheißegal«, knurrte Paul.

Miriam sah Paul erstaunt hinterher. Fast wäre ihr Mund aufgeklappt, aber sie konnte das gerade noch in ein weniger auffälliges »Ich komme mit!« verwandeln und folgte den beiden.

Als sie vor dem Laden standen, stellte Miriam sofort fest, dass der noch vor Kurzem geöffnet gewesen sein musste. »Zu viele frische Blumen und fertig gebundene Sträuße, die da langsam die Köpfe hängen lassen. Der wurde bis letzte Woche noch betrieben.«

Harry knurrte nur und nahm den Schlüsselbund des Toten.

Im Laden empfing sie der süßlich-feuchte Geruch eines Blumenladens, vielleicht ein bisschen zu süß. Sie sahen sich kurz im Verkaufsraum um, dann stürmte Harry schon nach nebenan.

»Vorsicht, Bulle«, rief Paul. »Denk an die Spuren.«

»Was sollen hier denn für Spuren sein? Da ist eine Tür.« Quietschend öffnete sie sich. »Und da ist die Treppe nach unten.«

»Haben wir eine Taschenlampe?«

»Ja«, meinte Miriam und hielt ihr Handy hoch.

»Oder wir nehmen die hier«, brummte Harry und nahm den großen Handhalogenleuchter, der auf der ersten Treppenstufe stand. Ein Knopfdruck und der Kellerabgang wurde geradezu in Flutlicht getaucht. »Auf geht's.«

Sie kraxelten hintereinander die alte ausgetretene Treppe hinunter.

»Das muss wohl noch aus dem letzten Krieg sein«, staunte Miriam.

»Günstigstenfalls«, meinte Paul.

Als sie am Fuße der Treppe um die Ecke gingen, gab es drei Gänge. Sie sahen nach rechts, aber da war nur ein kleiner offener Lagerraum. Links gab es mehrere Kellerverschläge mit Holztüren, die aber alle offen waren.

»Also da lang«, stellte Harry fest und leuchtete in den Gang vor ihnen. »Ziemlich lang für so ein kleines Haus.«

»Alter Fluchttunnel«, sagte Paul bloß.

Sie gingen vorsichtig weiter, die Köpfe eingezogen, weil die Decke niedrig war und immer wieder von Querbalken gestützt, die noch tiefer hingen.

»Alt, aber sauber«, stellte Paul fest. »Der ist hier wohl ständig durchgegangen, sonst wären hier bestimmt Spinnweben und so.«

»Hm … naaa …«, machte Harry nur, sagte aber nichts weiter.

Von dem Gang gingen mehrere kleinere Gänge ab, die sie einen nach dem anderen untersuchten, aber viele waren bis unter die Decke mit Sperrmüll gefüllt, andere einfach klein, leer und zerfallen.

»Hier müsste mal die Bauaufsicht reingucken, das sieht mir alles nicht mehr so stabil aus«, flüsterte Miriam.

Ganz hinten trafen sie auf eine solide Tür. Harry holte den Schlüsselbund raus, und probierte den mit dem roten Gummiring zuerst, aber er passte nicht. Paul griff an ihm vorbei und drückte die Klinke runter – die Tür schwang einfach auf.

»Ach was …«, staunte Harry.

Vor ihnen lag ein weiterer kurzer Gang. Sie gingen hinein und fanden rechts eine weitere Vertiefung, die nun aber mit einer klassischen Eisentür ausgestattet war, wie man sie gerne in Kellern benutzte. Der Stahlrahmen war sorgfältig eingelassen, der Putz sah neu aus – die Tür war wesentlich jünger als der restliche Keller.

»Aha«, machte Harry nur und zückte wieder den roten Schlüssel. Mit der Faust donnerte er an die Tür und rief: »Hier ist die Polizei. Wir kommen jetzt rein!«

10

Markus hatte sich nun schon seit einer kleinen Ewigkeit nicht mehr sehen lassen. Lioba hatte Hunger und Durst – sonst ließ er sie doch nie so lange warten? Ob er das mit der Gabel bemerkt hatte? Natürlich hatte er es bemerkt, wie konnte sie nur so dumm sein. Er hatte das Geschirr hochgebracht und beim Abwaschen fehlte eine Gabel. Sie war aufgeflogen. Er würde sie hier unten verrecken lassen, nun, da sie bewaffnet war. Er würde erst wiederkommen, wenn er auf seinem Überwachungsmonitor sah, dass sie tot war.

Sie warf einen Blick auf das Campingklo, das dringend gereinigt werden musste. Aber da sie nichts zu trinken hatte, musste sie auch nicht pinkeln.

Oder vielleicht war ihm etwas zugestoßen? Ein Unfall vielleicht – womöglich war er betrunken mit dem Auto verunglückt? Sie wusste natürlich von seiner Trinkerei, die Fahne war ja nicht zu ignorieren.

Vielleicht war er aber auch unterwegs, um wieder Leute zu ermorden. Das konnte dauern.

Sie legte sich wieder hin. Das Einwickeln in die Decke ließ sie bleiben. Vielleicht konnte sie ihn ja aus seinem Bau locken, wenn es für ihn etwas zu sehen gab? Vielleicht sollte sie eine regelrechte Show inszenieren? Tanzen vielleicht oder ... oder ... und wenn er dann reinkam, würde sie ihm die Gabel ins Auge stechen. Der Hals war nicht gut, nein, ins Auge! Und dann an ihm vorbei rausspringen und die Tür zuschlagen! Ja ... wenn er kam.

Lioba stand auf, die Gabel in der Hosentasche drückte leicht gegen ihren Schenkel und gab ihr ein gewisses Gefühl der Sicherheit.

Plötzlich hörte sie ein Geräusch, ein Wummern. Sie packte die Gabel, hob die Faust auf Augenhöhe und war mit einem Satz neben der Tür. Sie hörte ein dumpfes Rufen, verstand aber kein Wort. Ob Markus sauer war? Vielleicht war er sturzbetrunken und gewalttätig? Nun ... sie war bereit.

Als Harry den Schlüssel im Schloss gedreht hatte, griff Paul wieder an ihm vorbei und drückte die Klinke. Harry konnte ihn gerade noch am Arm packen und zurückreißen, da durchschnitt auch schon eine Gabel die Luft vor seinem Gesicht.

Mit einem entsetzten Aufschrei sprang Paul zurück und brachte damit Harry und Miriam ins Straucheln, die sich nur mit Mühe an der Wand abstützen konnten.

»Polizei!«, schrie Harry und leuchtete der Frau, die ihnen mit erhobener Gabel entgegenkam, mit der Halogenlampe ins Gesicht.

Sie hob die Hand schützend vor die Augen und blieb stehen.

»Polizei!«, rief nun auch Miriam. »Es ist vorbei. Markus Trewes ist tot«, sagte sie, um die Frau zu beruhigen.

Lioba von Fürstenfeld sank auf die Knie und ließ die Gabel fallen. Sie wankte kraftlos hin und her, bis Miriam bei ihr war und sie in den Arm nahm. Dann fing sie hemmungslos an zu weinen.

Harry holte sein Handy raus, aber hier unten hatte er keinen Empfang. »Gehst du mal … Ach was, bleib hier. Ich gehe einen Sanitäter holen.«

»Nein, es geht schon!«, sagte Lioba energisch und rappelte sich hoch. Mit Miriams Hilfe kam sie auf die Beine. »Ich will hier sofort raus!« Sie machte Anstalten, an den Polizisten vorbeizustürmen.

»Nicht so eilig!«, sagte Harry streng. »Wir gehen zusammen. Wir haben noch eine Menge Fragen und ein paar Vorschriften einzuhalten.« Er drängte sich vor und ging voraus.

Mit Lioba in der Mitte marschierten sie den langen Weg durch die Kellergewölbe zurück, bis zu der Treppe, die in den Blumenladen hinaufführte.

Als Lioba das Tageslicht sah, das von oben herunterdrang, schluchzte sie laut auf und stolperte die Treppe hinauf, dem Licht entgegen, wie eine Ertrinkende, die an die Oberfläche will. Die drei Polizisten sahen erschüttert zu, wie Lioba von Fürstenfeld sich an die Fensterscheibe drückte und sich den Sonnenstrahlen entgegenwarf.

»Ich muss zu meiner Mutter«, sagte sie endlich und straffte sich. »Bringen wir die Formalitäten hinter uns. Ich habe eine pflegebedürftige Mutter, nach der ich sehen muss, und einen Job, der auf mich wartet.«

Miriam warf Harry einen kurzen Blick zu, der das Gesicht leicht verzog und den Kopf schüttelte.

»Kommen Sie, wir bringen Sie jetzt erst mal aufs Revier und Sie geben uns die Adresse Ihrer Mutter. Wir schicken dann jemanden hin …« Harry hielt die Tür des Blumenladens auf und wies einladend nach draußen, wo ein herrlicher Tag mit frischer Luft auf sie wartete.

Zeitfracht Medien GmbH
Ferdinand-Jühlke-Straße 7
99095 Erfurt, Deutschland
produktsicherheit@kolibri360.de